装幀　鳥井和昌

目次

荒神——AraJinn——

◉登場人物

ジン

サラサーディ／更紗姫《さらさひめ》

イービル・ツボイ

〈隠し谷の人々〉

つなで

蓬莱新九郎《ほうらいしんくろう》

疼木餅兵衛《うずきもちべえ》

〈蓬莱城の人々〉

風賀風左衛門《ふうがふうざえもん》

剣風刃《ケンプウジン》

伊神義光《いがみよしみつ》

幻界坊突破《げんかいぼうとっぱ》

魔空堂寂輪《まくうどうじゃくりん》

〈魔界警察〉

ドン・ボラー

マオ・サイコ

クビラ・イー

〈地獄の番犬隊〉

ドギー・シュタットデッカー

スワン・コッテシターナ

魔界裁判長

魔界検察官

地獄に堕ちた魔物たち

野武士たち

蓬莱城の女官たち

第一景

いつでもないいつか。

どこでもないどこか。

七つの海の果てにある島国、倭《やまと》。

この国はまだ一つに固まってはいない。

侍たちが支配する列国に別れ、それぞれが覇権を狙っては小競り合いを繰り返してはいるが、大きな戦《いくさ》には至っていない。嵐の前の小康状態といったところだ。

蓬莱国《ほうらいこく》も、そんな国の一つ。

その国のはずれ、海岸。

走ってくる若い娘。つなでである。

手に立て看板を持っている。

つなで　兄上、早く早く。

あとから出てくる若侍、新九郎《しんくろう》。

新九郎　そう急ぐなよ、つなで。城が逃げるわけじゃないだろう。
つなで　そんなこと言ってるから、ダメなのよ。ほら、これ。お触れ書き。

と、立て看板を示す。
そこにお触れ書きが張り付いている。

つなで　（読む）「更紗姫《さらさひめ》を笑わせた者に銀五十枚」
新九郎　今さら読み上げなくても、そんなことはわかってるよ。
つなで　もたもたしてて、他の連中に先越されたらどうするの。時間切れで、城に入れなかったらどうするの。
新九郎　はいはい。
つなで　ここまで来て、殿様にもお姫様にも会えなかったら、どうするの。
新九郎　はいはい。
つなで　何のために無理して、出てきたと思ってるの。こんな機会は二度とないのよ。
新九郎　はいはい。仰るとおりでございます。
つなで　おりゃっ！

つなで、立て看板を二つにへし折ると、砂浜に投げ捨てる。

新九郎　あ、こら。
つなで　これで、もう読めないわ。競争相手は少ないほうがいい。波よ、天竺の果てまでその看板を流しておくれ。
新九郎　もう、無茶するなあ。

新九郎、片づけようと捨てた立て看板の方に行く。

新九郎　まったく、ゴミを増やしちゃ海がかわいそうだ。……おや。

と、砂に埋まった壺を見つける。
中近東風の装飾が施された壺だ。

新九郎　なんだ、これは。（と壺を拾い上げる）
つなで　え、なになに?
新九郎　壺かな。でも、この国のものじゃないみたいだ。
つなで　何か変な模様がついてる。
新九郎　眼鏡かけた顔みたいだな。
つなで　捨てちゃおうよ。

と、壺を見ている二人の周りをいつの間にか、野武士の盗賊たちが取り囲んでいる。
リーダー格は山伏崩れの幻界坊突破《げんかいぼうとっぱ》と、僧兵流れの魔空堂寂輪《まくうどうじゃくりん》の二人。
不穏な気配に、つなでが気づく。

つなで　……やばいよ、これは。
新九郎　え。（周りの野武士たちに気づき）……あんたたちは。
寂輪　見てのとおりの盗賊だ。
突破　おとなしく有り金、置いていけ。
野武士1　なんだ、こいつは。（と、立て看板を見つける）
寂輪　なになに。「更紗姫を笑わせた者に銀五十枚」
突破　あの、〝笑わずの姫君〟か。
寂輪　どうやらこいつら、蓬莱城《ほうらいじょう》に行くところだったらしいな。
突破　銀五十枚とは見過ごせねえ。行くか相棒。
寂輪　もちろんだ。だが、その前に一仕事。
新九郎　大事の前の小事じゃないか、見過ごしてくれないか。
突破　そうはいかねえ。小さな事からコツコツと。
寂輪　面倒だ。男はやっちまえ。女はいただきだ！

野武士たち、歓声をあげて新九郎とつなでに襲いかかる。
ぶちのめされる新九郎。
つなでに襲いかかる野武士。つなで、抵抗するが捕まる。

つなで　やだ、放して。放してよ!
新九郎　待て、待ってくれ。(と、手に持っていた壺を見せ) 妹から手を放してくれ。これを、これをやるから。
寂輪　なんだ、そりゃ。
新九郎　これは壺だ。で。
突破　この壺は、いいものだ。
新九郎　どこが。
寂輪　…………。
新九郎　……………。

適当なことを思いつかずにもじもじと壺をなでる新九郎。

つなで　兄上〜。
突破　適当なこと言ってんじゃねえ!
寂輪　やっちまえ!

再び、新九郎を襲う野武士たち。

新九郎　でも、ほら、こうやってこすればピカピカに。

と、必死で袖で壺をこする。と、突然、震動が起きる。壺が輝き、揺れ動き出しているのだ。

壺の中から声が響く。

声　よーし、いいぞ。俺を呼べ。
新九郎　な、なんだ？
声　なに、もたもたしてんだよ。早く呼べよ。
新九郎　呼ぶって誰を？
声　もう、じれってえなあ。ジンって叫べばいいんだよ。「出てこい、ジン！」って大声で。
新九郎　で、でも。
つなで　なんでもいいから呼んじゃおうよ。
新九郎　え。
声　はやく！　ぐずぐずしてると、ぶちのめすぞ!!
新九郎　えー。
つなで　出てこい、ジン！

新九郎　つなで。

つなで　何もしないよりましでしょ。ジン、来て！

新九郎も一緒に叫ぶ。

新九郎・つなで　出てこい、ジン!!

と、壺が閃光を放つ。
白煙とともに現れる一人の男。
異国の服をまとった男だ。ジン。壺の中の声は、彼のものだったのだ。

ジン　随分と手間取らせやがって。さあ、望みは何だ。

新九郎　望み？

ジン　ああ、とっとと言えよ。俺は忙しいんだ。

意外な展開に呆気にとられている一同。
捕まっていたつなでが我に返って叫ぶ。

つなで　助けて！　誰か知らないけど、助けて！

ジン　わかった！

ジンが手をかざすと、つなでを捕まえていた野武士の頭の上に金ダライが落ちてくる。
その衝撃でつなでを放す野武士。
その隙に、新九郎の方に駆け出すつなで。

寂輪　くそう！

刀を抜き、ジンを取り囲む野武士たち。

ジン　やるってのか、面白え。ずっと壺の中で我慢してたんだ。手加減しねえぜ。

ジンが天に手をかざすと中空から三日月剣（シャムシール）が降りてくる。剣を構えるジン。

つなで　あなた、誰？
ジン　俺か。覚えときな。魔物の中の魔物、精霊の中の精霊、呼び名はジン。荒くれ魔物のジン様だ！

音楽。

剣をかまえて、野武士たちの中に飛び込むジン。
その剣さばきの鋭さにあっという間に、野武士たちはぶちのめされる。残るは寂輪と突破。

ジン　まだ、やるか。
突破・寂輪　ご、ご勘弁を～！

言いながら逃げ出す突破と寂輪。
ホッとする新九郎とつなで。

ジン　これで、よしっと。
新九郎　（ジンを見て）……魔物？
ジン　魔物。（と、うなずく）
新九郎　壺から出た？
ジン　出た出た。助けて欲しかったんだろ。はい、じゃあ、ここにハンコ押して。

と、ポケットからスタンプカードのような物を取り出すと、新九郎の前に出す。
続けて、紙切れを出す。

ジン　こっち、アンケート用紙ね。

新九郎　「あなたは今回の魔物のサービスをどう感じましたか」
つなで　……さーびす？
ジン　1番の「とても満足」に丸つけといて。あー、もう、何ぼんやりしてんだよ。あ、ハンコがないんだったら拇印でいいから。

と、ポケットから朱肉を出し、新九郎の手を摑むと親指を朱肉につけ、カードに押すジン。

ジン　はい、契約完了。これでオッケー。じゃ、バイバイ。

と、突然、置かれていた壺の眼鏡部分が光り出す。同時に警告音が鳴る。壺がしゃべり出す。

壺　警告！　警告！　規約違反あり！　規約違反あり！

と、壺が白煙に覆われる。そして次の瞬間、イービル・ツボイが煙の中から現れる。彼は魔法の壺が人間体に変身した姿だ。

ツボイ　いけませんねえ、ジン。
ジン　出たよ、眼鏡野郎。
ツボイ　（ジンが持っていたスタンプカードを取り上げる）これは無効ですね。（と、破り捨てる）

ジン　あ、てめー！

ツボイ　魔界封印法第二十四条、魔物は契約主《けいやくぬし》に無理に契約を強要してはならない。さらーに、魔界封印法第十六条、契約の終了は契約主の主体的意志を持って行う。つまーり、君は二つの違反を行ったことになる。

ジン　あー、もー、回りくどいな。すぱっと言えよ、要点をすぱっと。

ツボイ　壺の中から自分の呼び名を教えたり、勝手に無理矢理ポイントカードに拇印押させちゃいかんと言うとるんだ。

つなで　あの……。何がなんだか私たちにはさっぱり。

新九郎　つなで、やめろ。

つなで　え。

新九郎　この人たちにはこの人たちの事情があるんだろう。深入りしないほうがいい。さ、行こう。

ジン　そうはいかねえよ。あんたが俺を呼び出したんだ。責任はとってもらうからな。

新九郎　え……。

ツボイ　ほら、またそうやって脅すような言い方をする。減点の対象になるぞ。

ジン　もうー、いちいちうるさいんだよ。

ツボイ　（新九郎たちに）失敬。自己紹介が遅れました。彼は壺に封印されし魔物、呼び名はジン。そして、私は彼を封印せし壺、イービル・ツボイとお呼び下さい。

つなで　魔物……？

新九郎　壺……？

ツボイ　そう。私がこのジンを封じ込めていた魔法の壺です。まあ、多少のフライングはありましたが、あなたはこのジンを呼び出した。契約主として、望みを言いつける権利を取得しました。あなたが本当に満足のいく結果が出るまで、この契約は続行します。さ、望みをどうぞ。

新九郎　望みと言われても……。

ジン　さっき、助けたじゃないか。あれで契約完了だろ。

ツボイ　契約主の身を守るのは、契約以前の当然の行為。それはカウントされません。

ジン　まったく、杓子定規な奴だぜ。（新九郎に）さあ。

新九郎　望みと言われてもなあ……。

ジン　ないのかよ。

新九郎　特には。

ジン　そんな人間がいるのか。

新九郎　望み持たない生き方してきたから。

ツボイ　（聴診器のようなものを新九郎の胸に当てる）……どうやら、あながち嘘でもないようですね。この方の欲望濃度はかなり希薄だ。

新九郎　なに、それ。

ツボイ　これは欲望測定器。

と、何か考えていたつなでが叫ぶ。

つなで　お城！　お城が欲しい!!
新九郎　つなで。
つなで　いいじゃない、頼んじゃおうよ、兄上。
新九郎　しかし。
つなで　あたし、絵双紙《えぞうし》で見たことあるよ。天竺に魔法の壺があって、その壺から出てきた魔神はなんでも望みをかなえてくれるって。これはきっと、それだよ。
ジン　城だって？
つなで　そう。この海岸のずっと先にお城がある。蓬莱城ってお城よ。兄上はそれが欲しいはず。ね、そうでしょ。
新九郎　つなで。
つなで　そうじゃないとは、言わせない。
新九郎　……わかった。
ジン　城取りか。おもしれえな。よし、決まりだ。それでいこう。
ツボイ　ただ、城を持ってくるんじゃないぞ。
ジン　え。
ツボイ　ここにその蓬莱城とかを持ってきて、どーんと置いても邪魔なだけだろう。
ジン　……違うのか。
ツボイ　この場合の城というのは、この国のことだ。そうですね。

うなずくつなで。新九郎もそのあとうなずく。

ジン　つまりこの国の王になりたいってことか。欲望濃度が薄いわりには大きく出やがったな。
つなで　なによ、その言い方。ご主人様なんでしょ。失礼なんじゃない。
ジン　うるせえうるせえ。今だけの関係だよ。
新九郎　今だけの。
ジン　相手なんか関係ない。問題は望みをかなえた数なんだ。まあいい、その蓬莱城ってのはどこだ。何だろうと俺にまかせとけ。
ツボイ　人の心を魔力で操ることは、禁じられている。国盗りとなると、簡単にはいかないぞ。
ジン　うるせえ。俺には時間がねえんだ。このくらいの望みに、ぐずぐずしてられるかよ。
つなで　大丈夫なの？
ジン　まかせとけ。俺は世界で一番すげえ奴だ。

言い捨てると駆け去るジン。
その後ろ姿を見ている新九郎、つなで、ツボイ。

新九郎　時間がないって、競争でもしてるのかな、望みをかなえる。
ツボイ　彼は罪人《つみびと》なんです。

つなで　罪人？
ツボイ　詳しい話はおいおい。さ、急ぎましょう。

あとに続く三人。

——暗転——

第二景

蓬莱城、謁見の間。

更紗姫に笑顔をという呼びかけに人々が集っている。

その中には、幻界坊突破、魔空堂寂輪ほかの野武士たちもいる。

と、城主の伊神義光《いがみよしみつ》、その軍師の風賀風左衛門《ふうがふうざえもん》、そして剣風刃《ケンプウジン》が現れる。剣風刃は風左衛門の配下である。

義光は、貧相であまり貫禄はない。

剣風刃　お集まりの者ども、お待たせした。蓬莱城城主の伊神義光様である。
一同　ははー。

一同、風左衛門の方におじぎをする。

風左衛門　あ、違う違う、私じゃない。お殿様はこっち。
義光　そ、儂。

一同　（慌てて、義光に）はは〜ん。
義光　私は軍師の風賀風左衛門。お間違えなきよう。
一同　（義光の時よりも大きい声で）ははぁ〜。
義光　風左。儂はちょっと寂しい。
風左衛門　ほうら、お殿様がすねちゃったじゃないですか。
義光　わし、存在感薄い？　なあ、薄い？（と、剣風刃に問う）
剣風刃　ちょっとだけ。
義光　やっぱり。（落ち込む）
風左衛門　殿、殿。姫様を呼んでいいですか。
義光　好きにして。
風左衛門　はい。姫、更紗姫、こちらに。

その声に更紗姫が現れる。
待っていた一同、その美しさにどよめき。

一同　おおー。
風左衛門　さて、お触れのとおり、この更紗姫に笑顔をもたらした者に銀五十枚授けよう。

と、一同の中にいた寂輪と突破が、前に出る。

寂輪　お任せ下さい。拙者、魔空堂寂輪。かの南蛮から伝わった曲芸、じゃぐりんぐなるもので、必ずや、更紗姫に笑顔を。

突破　いやいや、この幻界坊突破が作りしからくり人形、その動きを見れば、いかな〝笑わずの姫君〟であろうと間違いなく大口をあげて笑い出すはず。

風左衛門　あー、口上はいいですよ。あなた方が集まってくれただけでいいんです。

剣風刃　それ、金だ。

と、剣風刃が銀をまく。一同、声をあげてそれを拾い集める。

寂輪　これは銀！

突破　いいんですか。

義光　ん。受け取れ。

寂輪　これはこれは。でもなぜ。

風左衛門　姫を笑わせてくれるからですよ。

突破　しかしまだ何も。

と、それまで黙って彼らの前に立っていた更紗姫が、彼らの前に進む。

更紗　（にっこり微笑むと）食べさせておくれ、お前たちの魂を。
寂輪　魂？
風左衛門　姫様のためにこの蓬萊国の外から集めた牢人たちです。ちょっとむさくるしいが、この国とは縁もゆかりもない方々だ。気兼ねなくご存分にお食べ下さい。
突破　な、なんの話だ。

と、突然、剣風刃が剣を抜き、集まった人間たちを一気に斬り倒してゆく。倒れる一同。
その中央に進む更紗姫。ゆっくり両手を広げると、まばゆい輝きが広がる。同時に、倒れている一同の身体が激しく痙攣していく。魂が姫に吸われているのだ。

更紗　ああ、沁みる、沁みてくる。お前たちの魂が。おいしい、おいしいのう。たまらぬのう。
（と、歓喜の表情）

人々の痙攣が止まり、輝きが消える。
魂を食らいつくしたのだ。

更紗　風左衛門、ご苦労様でした。これだけの人数、この更紗のためによくぞ集めてくれました。

風左衛門　お姫様のためならば、この風左、喜んで、知恵をしぼりましょう。
剣風刃　（倒れている連中を見て）こやつらは。
更紗　いつものように。

更紗姫が手をかざすと、倒れていた野武士たち、ゆらりと起き上がる。

更紗　魂を食われたこやつらは、死んだまま生きて、我が魔僕《しもべ》となる。好きなようにお使いなさい。
風左衛門　ありがとうございます。
更紗　わかりましたね、わらわの可愛い魔僕たち。
野武士たち　お任せ下さい、更紗姫。

野武士たちの瞳に、邪悪な意志。
更紗姫の使い魔になったのだ。
更紗姫、微笑むと立ち去る。

剣風刃　お前たちも行け。

その声に、寂輪、突破ら野武士たちも去る。
と、剣風刃、宙を仰ぐ。

風左衛門　どうした。
剣風刃　何か気配が……。

と、閃光と白煙。
そこにジン、ツボイ、新九郎、つなでが現れる。

ジン　よし、着いた。
新九郎　着いたって……。
ジン　ここが蓬萊城の中だ。
つなで　で、どうするの。（城の連中の視線に）なんかこっち睨んでるわ。
ツボイ　何か策があるのか。
ジン　策は――ない。とりあえず、当たって砕けろだ。

剣風刃、剣をかまえる。

新九郎　砕けるために当たってるよ、これじゃあ。
つなで　（咄嗟に）突然のご無礼、失礼いたします。我々は海を渡って来た天竺曲芸団。今、お見せしたのは大奇術神出鬼没の術にございます。

進もうとする剣風刃を止める風左衛門。

風左衛門　まあまあ。（つなでたちに）曲芸団ですか。

つなで　はい。この蓬莱城のお姫様の噂は、遠い天竺まで伝わっております。私たち、天竺曲芸団の至高の芸で、更紗姫のお顔に微笑みを取り戻して見せましょう。

ジン　曲芸団って。

つなで　黙って調子合わせて。

風左衛門　ほほう、これは面白い。姫にお見せする前に私に見せて下さい。

つなで　あなた様は。

風左衛門　この城で、軍師をつとめる風賀風左衛門と申します。こちらは我が部下剣風刃。

義光、自分も紹介しろと自分で指さすが、風左衛門気づかずにスルーする。
さびしそうな義光。

風左衛門　さて、天竺曲芸団と言いましたが、いったいどんな芸を見せていただけますかな。蓬莱新九郎さん。

新九郎　え？

剣風刃　蓬莱？　では、こやつらは。

風左衛門　この蓬莱城の前の城主、蓬莱直氏《ほうらいなおうじ》、そのお子さんらしいですねえ。
義光　な、なに。
剣風刃　ふむ。この城を乗っ取った時に、蓬莱の一族は根絶やしにしたと思ったが、よくぞノコノコ戻ってきたな、腐れガキども。と、殿は言っておられるぞ！
義光　え。
風左衛門　さすがは伊神義光様。恐ろしいお方だ。
義光　いや、儂は……。
ジン　なんだ？
ツボイ　このお二方は、前の城主の子どもだったらしい。城と国を乗っ取られたのだな。
新九郎　つなで、逃げよう。
つなで　何言ってるの。ここまで来て。
新九郎　正体を見破られた以上、ここにいちゃ危ない。
剣風刃　逃がしはせぬ。お前らの首をはねよ。儂は血みどろが大好きじゃーと、殿は言っておられる。
義光　えー。
剣風刃　死ね！

と、襲いかかる剣風刃の刀を受けるジン。
その手に三日月剣。

ジン　そうはいかねえよ！
剣風刃　貴様。
ジン　こういう荒っぽい仕事なら、俺の得意技だ。まかせとけ！

ジンと剣風刃の戦い。ジンが押す。
と、そこに野武士たちが現れる。更紗姫の魔僕たちだ。
その後ろから現れる更紗姫。
更紗姫が手をかざす。光がジンを包み金縛りにする。

ジン　なんだ⁉
風左衛門　おお、姫！
更紗　面白い者が迷い込んできたようですね。魔物ですか。この国のモノではないようですね。

ジン、更紗姫の顔を見て驚く。

ジン　お前は！
更紗　？
ジン　やっと、やっと見つけたぞ。サラサーディ！
更紗　サラサーディ？　わらわは更紗姫だ。

ジン　ごまかさなくてもいい、俺だ、ジンだ。
更紗　ジン、誰だ？
ジン　俺の顔を忘れたのか、サラサーディ。

ジン、更紗の金縛りを破る。

更紗　なに、我が金縛りの術を⁉
ジン　（更紗に駆け寄り）四の五の、めんどくせえや‼　こんなところじゃ、話にならない。一緒に来い‼

驚く一同。

ツボイ　ジン！　それは暴走だ！　重大な規則違反だ‼
ジン　やっと見つけたんだ。知ったこっちゃねえや！
風左衛門　姫！

駆け寄ろうとするが、ジンの魔力に吹き飛ばされるツボイ、風左衛門、剣風刃。

つなで　待ってよ。あたしたちは⁉

ジン　今はそれどころじゃないんだよ。あばよ！
つなで　逃げるな！

白煙とともに消えるジンと更紗。
が、その直前つなでもジンにすがりつく。
つなでの向こう見ずな行動に不意をつかれるジン。そのまま、三人は一緒に消える。

新九郎　つなで！　もー、何が何やら。
ツボイ　仕方ない。

と、ツボイ、小さな壺型のライトを出す。
先にライトがついていて、スイッチを入れると、それがパトカーのランプのようにサイレンを鳴らしながら赤く輝く。

新九郎　それは？
ツボイ　緊急連絡です。
剣風刃　風左様。（と、指示を仰ぐ）
風左衛門　その男だけでも捕らえましょう。
剣風刃　承知。

ツボイ　させん。

剣風刃が襲いかかる。新九郎を守るツボイ。

剣風刃　ぬ。
ツボイ　私を誰だと思っている。私は壺だ！
剣風刃　は？
ツボイ　（新九郎に）さ、こちらに。

と、閃光。ツボイと新九郎も消える。

剣風刃　く！
風左衛門　……これはこれは。結構やるもんですねえ。
剣風刃　申し訳ありません。
義光　風左衛門、いいのか。
風左衛門　すぐに追いましょう。しかし、あんな魔物がいようとは……。

と、突然、三人を光の筋が襲う。
金縛りにあう三人。

と、中空より声がする。男と女の声である。

女　目標位置ロック。特定ポイントの時空間拘束確認。

男　了解。只今より現場検証に入る。

と、現れる奇妙な姿の男女。

魔界警察のマオ・サイコとクビラ・イーである。二人、あたりの様子を伺う。

クビラ　どうやら、このあたりのようだな。魔物の暴走は。

マオ　（何やら計器のような物を取り出しあたりを計測すると）魔力波動係数666コンマ555。封印囚人ナンバー50872と一致するわ。

クビラ　囚人ナンバー50872。

マオ　コードネーム・ジン。

クビラ　やっぱり奴か。先輩の心配してたとおりだな。

マオ　あの無茶な性格は、封印されたくらいじゃ直らないってことね。

クビラ　よし、ここはいいだろう。時空間拘束を解除してこの人間たちの記憶を消したら撤収だ。

マオ　（計器を見て）待って。

クビラ　どうした。

マオ　他にもいるわ。魔物が。それもかなり強い。こんな強力な魔力波動……。

その時、金縛りになっているはずの剣風刃が動き出す。

クビラ　なに。

クビラとマオに斬りかかる剣風刃。

マオ　なぜ。なぜ時空間拘束が解けたの⁉

その剣にかかり、斬られるクビラとマオ。

マオ　そんな！
クビラ　まだ、登場したばっかりなのに。

二人倒れる。
風左衛門と義光の金縛りも解ける。

風左衛門　……なんですか、この人たちは。

剣風刃、マオとクビラから、身分証明書のようなものを取り出すと、風左衛門に渡す。

剣風刃　これを。

風左衛門　（見る）……「魔界警察第一課、マオ・サイコ」と「クビラ・イー」ね。なるほど。

義光　風左、これは……。

風左衛門　まあまあ。殿が気にすることじゃないです。剣風刃、殿を。

剣風刃　は、殿、こちらに。

義光　なあ、儂、影薄い？

剣風刃　かなり。

などと言いながら去る二人。

風左衛門　魔界警察とはまた……。（倒れている二人を見て）更紗姫のご加護を……。

合掌して祈ると、立ち去る風左衛門。

と、その祈りに応えるように立ち上がるマオとクビラ。その目は虚ろ。

風左衛門とは逆の方向に駆け去る。

――暗転――

第三景

闇の中、ジンが駆けてくる。
それはまだ壺詰めになる前の彼である。

ジン　サラサーディ、いるかい、サラサーディ。

闇の中にサラサーディと呼ばれた女性が浮かび上がる。薄いベールをかぶってはいるが、更紗姫と同じ顔をしている。

サラサーディ　ジン、あなたなの？　どこ？
ジン　……ここだよ。
サラサーディ　ああ、いた。（と、違う方向を見て微笑む）
ジン　お前、もう目も見えなくなってるのか……。
サラサーディ　ううん、見えるよ。
ジン　嘘をつくな。

サラサーディ　嘘じゃない。治っていってるのよ。元気になってるの。
ジン　やめろ。俺は魔物だ。ごまかしてもわかる。
サラサーディ　魔物じゃない。ジンはジンよ。
ジン　サラサーディ……。
サラサーディ　それにほんとに見えるのよ、あなたの姿は。こうやって目を閉じれば。しっかりとまぶたの裏に、そしてこの胸に焼き付いている。
ジン　……これを。

と、手をかざすと水の入ったガラス瓶が現れる。サラサーディに渡すジン。

サラサーディ　なに。
ジン　永遠の命の水だ。
サラサーディ　永遠の……。
ジン　人間のお前も、それを飲めば永遠の命を持つことになる。病気も死ももう恐れることはない。俺と一緒に生きよう。
サラサーディ　そんなことが。
ジン　できるんだよ。俺は世界で一番すげえ奴なんだからよ。
サラサーディ　……はい。

サラサーディ、水を一気に飲み干す。
輝きが彼女を包む。

サラサーディ　ジン。力が……身体の奥から、不思議な力が……。
ジン　それが永遠の命だ。
サラサーディ　そう……、いいえ、違う。これは、別の……なに⁉　なんなの⁉

苦しむサラサーディ。

ジン　どうした。しっかりしろ。

その時突然警察のサイレンが鳴る。
苦しむサラサーディ、闇に消える。

ジン　待て、待ってくれ。

追おうとするジンを取り囲む者たち。魔界警察だ。
と、ジンを裁く魔界裁判が始まる。

魔界検察官　裁判長。被告は、魔界の掟を破って人間に永遠の命を与え、その結果彼女を魔物に変えてしまいました。
ジン　魔物？　サラサーディが魔物に変わったっていうのか⁉
魔界検察官　何をしらばっくれてる。永遠の命を得るとは、我らと同じ魔物になるということじゃないか。
ジン　違う。俺は本当に、本当に知らなかったんだ！
魔界検察官　裁判長、判決を！
魔界裁判長　判決を言い渡す。被告を壺詰めの刑に処す！

ジンを引き立てる魔界警察たち。

ジン　よせ、やめろ！　俺は、俺はあいつを、サラサーディを捜さないと……。放せ、放せー！

ジン以外は闇に呑まれていく。
暗闇に一人立つジン。
その手にペンダント。大きな宝玉がついている。その宝玉を握りしめるジン。
と、現れるつなで。

つなで　なに、今のは？

ジン　うわ、なんだ、お前は。

　我に返るジン。
　そこは蓬莱城からかなり離れた森。

つなで　ねえ、今のは何？　あなたの想い出？　それも魔法なの？　あれは更紗姫？
ジン　うるさいなあ。なんで、こんなとこにいるんだよ。
つなで　あなたが連れてきたんでしょう。どうやら西の森みたいだけど。
ジン　なんで着いてくるんだよ。
つなで　なんでって、だからあなたが勝手に逃げようとするから。
ジン　俺はサラサーディと、だいじな話があるんだよ。
つなで　だいじな話って、あたしらの望みかなえるのが先でしょう。
ジン　そうはいかねえんだよ。帰れ。
つなで　やだ。
ジン　じゃ、飛ばしてやる。

　ジンが手をかざすが動じないつなで。

ジン　……そうか。お前も契約主か。

つなで　ふうん。その魔力も契約主にはきかないようね。壺の中の魔物にもいろいろ決まりがあるんだ。

ジン　うるせえよ。（と、あたりを見回し）あいつは。サラサーディは。

と、更紗姫が現れる。

ジン　いた。

更紗　その娘が邪魔なのか。

ジン　え、ああ。

更紗　わかった。わらわにまかせなさい。

ジン　どうする。

更紗　喰ってあげる。

ジン　え。

更紗　若い娘の魂を喰らうのは久しぶりじゃ。さ、喰わせてたもれ、その魂。

つなで　そんな……。

ジン　待て、サラサーディ。それは駄目だ。

更紗　止めるか、わらわを。ならば、おぬしもわらわの敵だ。

更紗、止めるジンを振り切る。吹っ飛ぶジン。

更紗、つなでを襲おうと近づく。

ジン　待て！

ジンが手をかざすと光が更紗を包む。魔力による光のロープのようなものだ。それで更紗を巻いて、動きを封じるジン。

ジン　やめろ、サラサーディ。
更紗　放せ、放せと言うに。
ジン　ごめんな。あんなに優しかったお前が、そんな魔物に。みんな、みんな俺のせいだ。
つなで　あなたの……。
ジン　待っていてくれ。俺が必ずお前を、お前を元の人間に戻すから。
更紗　元の人間？
ジン　人間の望みを千と一つかなえれば、魔界の恩赦で俺の望みが一つだけかなえられる。その望みで、俺がお前を元の姿に戻すから。だから、今はおとなしくしててくれ、頼む。
更紗　いったい、何を言っている。わらわは更紗。お前などと会ったことは一度もない。
ジン　（宝玉を更紗に見せ）想い出石だ。俺とお前の想い出を封じ込めた宝玉だ。
つなで　やっぱり、さっきのはあなたの想い出……。
ジン　これでも思い出さないのか。

更紗　下がりなさい、無礼者！

ジンの魔力を振り切る更紗。そのまま、つなでを襲おうとする。

ジン　だめだ、やめろ！

ジン、三日月剣を向ける。

ジン　……人間を傷つけるな。お前が人間を傷つけちゃいけない。

そのジンの形相に気圧される更紗。

更紗　……剣を向けるのか、この更紗に。

ジン　……ほんとに覚えてないのか、俺のことを。

更紗　その無礼、決して許さぬ。

踵を返して、駆け去る更紗。

ジン　待て！

追おうとするジン。が、その時、サイレンの音が鳴り響く。赤い光があたりを照らす。
その光の中に浮かび上がる一人の男。
魔界警察のドン・ボラーだ。腰に三日月剣。

ボラー　逃がしゃしねえよ、ジン。
ジン　ボラー……。
ボラー　そうだよ、俺だよ。魔界警察一の豪腕デカ、ドン・ボラー様だ。
ジン　なんで、ここに。
ボラー　ツボイから連絡があったんだよ。お前が暴走したってな。
ジン　だったらなんでこんなに早く現れた。俺を見張ってたな。
ボラー　そのとおりだ。暴れ者のお前が、そう簡単に反省するわけがないと思ってな。ずっとお前をマークしてたのさ。そうしたら案の定だ。さ、ポイントカードを出せ。
ジン　どけ、俺は忙しいんだ。
ボラー　いやなら勝手にいただくまでだ。むん！　むは〜〜〜、はっ！（気合いとともに手の平からカードを出す）ほれ。
ジン　あ。
ボラー　（カードを見て）259ポイント。ここまでで二百五十九人の望みをかなえてるのか。随分頑張ったのになあ。

ジン　相変わらず汗くさい魔法を使いやがる。
ボラー　馬鹿野郎が。たった一度の暴走でパーだ。

ポイントカードを引き破るボラー。

ジン　ああっ！　ボラー、貴様。
ボラー　これが法律ってやつだ。（カードを投げ捨てる）いい加減に頭を冷やせ、ジン。

ジン、破れたカードを拾う。

つなで　あの……、これはいったい。
ボラー　へえ、これが今度の契約主かい。
つなで　魔界警察？　役人みたいなもの？
ジン　そんなもんだ。
つなで　やっぱり、あなた罪人なの？
ジン　誰に聞いた、ツボイか。
つなで　うん。でも、それ以上は。
ボラー　いけねえなあ、ジン。契約主への説明不足だぞ。
ジン　うるせえよ。

ボラー　こいつはな、壺に閉じこめられ人間の望みを千と一つかなえるまでその封印は解かれない。それがこいつに下された罰だ。
つなで　罰なんだ。
ボラー　当たり前だろう。魔物が人間のために何かしてやることほど、屈辱的なことはないからな。
つなで　えー。
ボラー　おいおい、お嬢ちゃん。俺たち魔物が、好きでやってたと思ったのかい。そいつはとんだ甘ちゃんだぜ。まあ、もっとも中には好きでやる酔狂もいたがな。なあ、ジン。
ジン　いちいちおしゃべりなんだよ、あんたは。
つなで　（ジンに）いったい何して捕まったの。
ボラー　この男はな、柄にもなく人間の女に惚れちまってな。永遠の命を与えちまった。永遠の命を得た人間はもう人間じゃなくなってしまう。人間を魔物にしちまうのは重大な法律違反なんだよ。
つなで　それで更紗姫が、あんな魔物に……。
ボラー　ああ、ああ。そんな名前だったなあ。

と、服のポケットから手帳を取り出すボラー。

ボラー　ああ、そうだそうだ、サラサーディだ。
つなで　なに、それ。

ボラー　これか。これはドンちゃんマル秘手帳。ここにはこのドン・ボラー様の捜査のすべてが書かれているのだ。こいつが、こいつのカワイコちゃんをどんな言葉で口説いたかもな。

ボラーの喉元に三日月剣を突きつけるジン。

ジン　それ以上、無駄口はたたくな!
ボラー　やるってえのかい。お前を捕まえたのは、誰だか忘れたのかな。
ジン　覚えてるよ。お前さえいなかったら、俺はすぐにサラサーディを捜しに行けたんだ。
ボラー　今、俺に歯向かったら今度は壺詰めじゃすまねえぞ。永久凍土でこの世の終わりまで氷詰めだ。
ジン　………。
ボラー　そうなったら二度とサラサーディは救えない。
ジン　………。（黙って剣を引く）
ボラー　それでいい。

ジンの手に手錠をかけるボラー。ハッとするジン。

ボラー　勝手に暴走して、契約主の人間を危険にあわせた。その罪はつぐなわなくちゃならねえ。さ、おとなしく来い。

ジン　くそ。（と、はずそうとする）
ボラー　よせよせ。そいつは魔法手錠だ。俺でなきゃはずせねえ。
つなで　ちょっと待ってよ。ジンに何の罪があるの。
ボラー　だから、契約主の願いを無視して勝手に動いただろう。
つなで　それは違うわ。
ボラー　なにが。
つなで　頼みました。
ボラー　え。
つなで　あれはあたしが頼んだの。どこか遠くに連れてって。
ボラー　なんで、そんなこと。
つなで　理由はないわ。気まぐれよ。
ボラー　あのな。
つなで　女に理由を聞くなんて、野暮な男。
ボラー　う。
つなで　あなた、もてないでしょ。
ボラー　ううっ。
つなで　女のわがままを黙ってかなえてあげる。それがもてる男への第一歩よ。
ボラー　おお。（と手帳にメモする）
つなで　とにかく、ジンはあたしの望みをかなえただけ。誤解なの。だから、彼を自由にして。

ジン　お前……。
ボラー　………。（と、ジンを睨むといきなり奇妙なポーズ）うん、む、むは～～っ！　はっ!!
（と、手錠を指さす）

ジンの手錠がはずれる。印を切って魔力で手錠をはずしたのだ。

ジン　あ。
ボラー　（手錠を自分の手に取り）ツボイの野郎、いいかげんな報告しやがって。
ジン　普通に鍵使ったほうが早くないか。
ボラー　それが、俺のこだわりさ。
つなで　さ、ジン。こんなのほっといて、行きましょう。
ボラー　こんなの呼ばわりかよ。
ジン　行くってどこへ。
つなで　捜し物があるの。あっちよ。（と更紗姫が駆け去った方を指さす）
ジン　それは……。
つなで　さ、急がないと。
ジン　わかった。（ボラーに）じゃあな！

ジンとつなで、駆け去る。

ボラー　ふ、いい契約主じゃねえか。（と、一人うなずくと手錠をクルクルと回す。何の弾みか、自分の両手に手錠がかかってしまう）あー、しまった、手錠が、手錠がー。くそう。うん、む、むは〜〜〜っ。（と、念を込めて印を切ろうとするが）だめだ、鍵開けのポーズが取れない。こだわんなきゃよかった。俺のばかー。

と、そこに現れる剣風刃。

ボラー　おお、そこの人、ちょっと頼みが……。

と、剣風刃、襲いかかる。

ボラー　なに⁉

ボラー、手錠の鎖で受ける。が、鎖を断つ剣風刃の太刀。ボラー、間一髪でかわす。

剣風刃　ほう。よくかわした。
ボラー　この魔法手錠の鎖を……。てめえ、ただの人間じゃねえな。

そこに現れる更紗姫。

ボラー　（その顔を見て驚く）お前は……。

更紗姫が手をかざすと、魔僕である突破や寂輪などの野武士たちが現れる。

ボラー　ふん、ぞろぞろと現れやがったか。貴様ら、俺が誰かわかってるのか。

続いて現れる風左衛門と義光。

風左衛門　知っていますよ。魔界警察のドン・ボラーさん。
ボラー　なぜ、それを。
突破　更紗姫様。
寂輪　ここは我らに。
更紗　わらわのために働いてくれるのか。
野武士たち　は。
更紗　愛《う》い奴たち。（やれという仕草）

野武士たち、襲いかかる。

ボラー、剣を抜き応戦する。野武士たちを叩きのめす。

ボラー　いいかげんにしねえか。何の真似だ、サラサーディ。いくら魔物になったとはいえこれ以上ジンを悲しませるな。

更紗　ジン？

ボラー　何をとぼけてる。……いや、違うな。この力は……。

と、ボラー、あたりを見回すが風左衛門を見つめ踏み出そうとする。

ボラー　そうか！

が、その時更紗が手をかざす。光がボラーを包む。一瞬、ボラーの動きが止まる。

そこに襲いかかる剣風刃。その刃がボラーを斬り裂く。

ボラー　くそ……。

倒れるボラー。

剣風刃、ボラーの手帳に気づき拾う。

剣風刃　「ドンちゃんマル秘手帳」……？（中味を読み）「女のわがまま男は黙ってモテモテでばんざーい」……なんだ、これは。

剣風刃、風左衛門に手帳を渡す。

風左衛門　（中を見て）なるほどね。なかなか面白いですよ。
更紗　この魔物も、喰らっていいのか。
風左衛門　まあまあ。それでは共食いになりますから。御自重を。そうだ、殿。
義光　え？
風左衛門　殿は、影が薄いのを気にしてましたね。
義光　やっぱ、儂、影薄いんだ。
風左衛門　その影、濃くしてあげましょう。この男の魔力をいただいて。
義光　儂が。いいの？
風左衛門　なんだかわからない魔物たちがうろうろしています。殿が力をつければ蓬萊城も安泰ですよ。
義光　おうおう、風左、頼むぞ。
風左衛門　おまかせを。（野武士たちに）お前たちは、あの娘を捜しなさい。

野武士たち、うなずいて駆け去る。
ジンが消えた方を見ている更紗。

風左衛門　どうなさいました、姫。
更紗　あの、ジンという男……。なぜ、わらわのことを……。
風左衛門　あなたのことを？
更紗　昔から知っているような口ぶりで。風左、わらわは恐い。
風左衛門　何を仰います。更紗姫はこの国でもっとも力を持ち、そしてもっとも美しいお方。
更紗　わらわを守ってくれますか。
風左衛門　風賀風左衛門、この身に変えても。

姫にかしずく風左衛門と剣風刃。

——暗転——

第四景

蓬莱国の果ての果て。そこにある隠し谷。
新九郎とツボイがいる。
その横を心配そうにうろうろしている侍。初老に見える。
疼木《うずき》餅兵衛《もちべえ》。新九郎とつなでのお守り役である。

新九郎　落ち着け、餅兵衛。
餅兵衛　しかし。
新九郎　つなでなら大丈夫だよ。
餅兵衛　若はまったくのんびりしておられる。だいたい、二人で勝手に蓬莱城に出向くなど、無茶もいいところですぞ。
新九郎　城から逃げて十五年、まだ子供のころだ。顔見られてもわかりはしないと、つなでが言うから。
餅兵衛　人のせいにしない。
新九郎　申し訳ない。

餅兵衛　二人に何かあったら、この疼木餅兵衛、亡くなった殿になんとお詫びしてよいか。

ツボイ　殿？　あなたの父上のことか。

新九郎　蓬莱直氏。元の蓬莱城の城主だ。もともとは家来だった伊神義光の反乱にあい、俺たち蓬莱の一族は皆殺しにあった。俺とつなでだけは、その餅兵衛が……。

餅兵衛　死ぬ気でここまで育て上げたのですじゃ。この隠し谷に潜みに潜んではや十と五年。蓬莱家の復興だけを願っていた。それを、それを……、つなで様……。

ツボイ　まあ、焦っても仕方がない。ジンと一緒ならつなでさんは大丈夫ですよ。

餅兵衛　黙れ、メガネ。

ツボイ　メガネですけど。

餅兵衛　しかも、壺じゃと。

ツボイ　壺ですけど。

餅兵衛　まったくくだらぬことを。

ツボイ　くだりませんけど。

と、そこに白煙。

ジンとつなでが現れる。

ツボイ　ジン！

新九郎　つなで！

餅兵衛　つなで様ーっ！

駆け寄る餅兵衛。

ジン　あぶねえ!!

餅兵衛を殴り倒すジン。

餅兵衛　はぐあっ!!（吹っ飛ぶが起き上がり）つなでさまー!!
ジン　来るな!!

再び餅兵衛を思いっきり殴り倒すジン。
餅兵衛、倒れてピクピクしている。

ジン　まったく、危ないとこだったぜ。
つなで　じい。大丈夫、じい！（と、駆け寄る）
ジン　え？
ツボイ　ジン。この人は味方だ。
ジン　え？

新九郎　疼木餅兵衛。俺たちを守って育ててくれた。
ジン　でも、こんな、怪しい顔して。
新九郎　顔も怪しいし、言動も怪しいが、それでもこの人が俺たちのたった一人の味方なんだ。

つなでの介抱に気がつく餅兵衛。

餅兵衛　おお、つなで様。
つなで　よかった、気がついた？
餅兵衛　おお、よくぞ、よくぞご無事で。

抱きつこうとする餅兵衛を振り払うつなで。

つなで　兄上もよく無事に。
新九郎　ツボイさんに助けられた。
ジン　（指を立てて、風を読むように気配を読んでいる）よし、追われてはいない。
ツボイ　追っ手？
つなで　お姫様を捜してたら、逆にあたしたちを捜してる連中がいるのに気がついて、逃げてきたの。
ジン　蓬莱城の連中だ。魔力で操られてやがる。
ツボイ　ジン。

ジン　心配するな。つけられちゃいねえよ。
ツボイ　そんなことを言ってるんじゃない。何を考えてるんだ、お前は。
ジン　そっちこそ、なんだ。ボラーが来たぞ。
ツボイ　ほう。さすが魔界警察だ。動きが早いな。
ジン　なんで、あんなことで警察に連絡するんだよ。
ツボイ　あんなこと？　敵の中で契約主を置きざりにするのがあんなことか。無茶をするな！
つなで　だって、ジンは、捜していた恋人に出会ったのよ。仕方ないじゃない。
新九郎　つなで。
つなで　兄上は知らないから。
新九郎　いや、聞いたよ。ツボイさんから。
つなで　だったら……。
新九郎　そうはいかないんだ。
つなで　なんで。
新九郎　望みがかなうまで俺たちは死んじゃいけないらしい。
つなで　え。
ツボイ　（ジンに）いい加減ルールを覚えろ。契約者が満足するまで契約は解けない。途中でもし契約主が死ぬようなことになっても、契約だけは残るんだ。絶対に満足されない望みにお前は永遠に縛られることになる。そうなったら無限地獄だぞ。
つなで　そんなひどい。

ツボイ　ひどいんですよ。これは罰なのですから。
ジン　わかったよ。どうせ、俺は人間の女なんかに惚れた大馬鹿者だ。そうやって規則規則で縛ってろ。でも、俺は負けねえ！
つなで　あたしは、応援してるよ。
ジン　え？
つなで　いいじゃない、大馬鹿者。利口ぶった男じゃ人間と魔物の壁を越えて恋はできない。
ジン　ほめられてるのか。
つなで　うん。あたしもね、捜してるの、いいなずけを。
新九郎　おいおい、つなで。
つなで　（新九郎を無視して話を続ける）はっきりとは覚えてないんだけど、幼いころ蓬莱城で遊んだわ。色が白くて、つないだ手の平がすべすべだったのは覚えてる。年は兄上より少し上。蓬莱城から逃げる時に、「必ずまた会える」その声だけは耳から離れない。
ジン　そうか。
つなで　だから、また会える。あたしもそう信じてるの。ジン、あなたと同じように。あの更紗姫があなたが捜してる女性だとしても、きっと元に戻せるよ。
ジン　おう！
つなで　あなたの力で。
ジン　おう！
つなで　恋の力で！

ジン　それはちょっと恥ずかしいかな。
つなで　何言ってるの。あなたは、世界で一番すごい奴なんでしょ。
ジン　おう、それはそうだ。
つなで　だったら頑張りましょう。
ジン　それでさっき、かばってくれたのか。
つなで　え？
ジン　ボラーから。
つなで　ああ。うん。
ジン　すまねえ。
つなで　いいよ。――よおおし!!

と、気合いを入れて駆け去るつなで。

ジン　あれ。どこ行くんだよ。
新九郎　食事の支度だな。あいつは感極まるとお腹がすくんだよ。
ジン　ふうん。
ツボイ　かばわれたのか。
ジン　ああ。ドン・ボラーに逮捕されそうになったとこをな。
ツボイ　やれやれ。契約主にな……。

ジン　なんだよ。
ツボイ　……まあ、いい。これから気をつけろよ。
ジン　はいはい。
新九郎　でもなあ、水をさすようで悪いけど。
ジン　なに？
新九郎　もう、とっくに会ってるんだよなあ。つなでは。
ジン　誰と。
新九郎　いいなずけと。
ジン　え？
ツボイ　……誰の？
新九郎　つなでの。
ジン　どこで？
新九郎　ここで。
ツボイ　いつ？
新九郎　ずーっと。
ジン　誰だよ、いったい。
餅兵衛　それは儂ですじゃ。（と、起き上がる）
ジン・ツボイ　ええええっ!?
餅兵衛　つなで様のいいなずけは儂ですじゃ。

ジン　でも、さっき、つなでの話だと新九郎より少し上だって。
新九郎　そう、少し。
ジン　少しってことはないだろ。
新九郎　三つ上だっけ。
ジン・ツボイ　えー。
餅兵衛　いや、面目ない。こう見えて儂は老け顔ですじゃ。
ジン　老け顔って、あんた、いくつなんだよ。
餅兵衛　二十八。
ジン・ツボイ　えええぇっ⁉
ツボイ　それはいくらなんでも無茶だ。
餅兵衛　いくらなんでも無茶なくらいすごい苦労をしたのですじゃ。
ジン　ですじゃって、そんな二十八はいないだろう。
新九郎　仕方ないんだよ。この老け顔のせいで、つなではこいつをじいや呼ばわりしてるから。それに合わせてるうちに、しゃべり方まで年寄り臭くなったんだよな。
餅兵衛　うむうむ。
ツボイ　ははーん、読めた。
ジン　何が？
ツボイ　恐らく彼女は目をつぶっているのですな。いいなずけが餅兵衛さんであるという記憶を封印しているのです。そして美しい想い出だけにすがっているのです。

ジン　そりゃそうだよなあ。これはあんまりだ。普通生きていけねえよ。
新九郎　だから、この件だけは絶対につなでには内緒だぞ。

その時、皿を持ってつなでが出てくる。

ジン　もちろんだ。あいつにばらす奴は、俺がただじゃおかねえ。いいか、お前たち。このじいさんがつなでのいいなずけだなんて絶対に秘密だぞ！

つなで、皿を落とす。砕ける皿。
その音で、一同、つなでに気づく。

ジン　あ、つなで……。
つなで　…………。（言葉にならない。ただかぶりを振る）
ジン　いや、違う、違うんだ。これは何かの間違いだ。（と、餅兵衛の手を取り）ほら、手だってガサガサ……（と触るが意外や）すべすべだ。（と素直に驚く）
ツボイ　ジン！
つなで　いやー!!

つなで、こらえきれず絶叫。そして物凄いスピードで駆け去る。

餅兵衛　つなで様！（と、追おうとする）
新九郎　よせ、お前が行ったら逆効果だ。（と、押しとどめる）
ジン　……しまった。
ツボイ　減点対象だな。
ジン　はい。（と、激しく反省モード）
新九郎　やれやれ。また、割っちまったよ。（と落とした皿を拾い始める）餅兵衛、のりを。
ツボイ　接着剤貸そうか。
新九郎　あ、すまん。
ツボイ　魔界特製だ、強力だぞ。

と、ツボイから接着剤を借りて皿をくっつけ始める新九郎。手際がいい。

ジン　上手だな。
新九郎　こういうの慣れてるから。

と、そこに現れる魔界警察のマオ・サイコとクビラ・イー。

サイコ　やっと見つけたわよ。ジン。

ジン　てめえら。
新九郎　誰？
クビラ　ご心配なく。魔界警察の者です。
新九郎　警察？
ジン　（新九郎に）役人みてえなもんだよ。（サイコたちに）何しに来た。暴走の件なら、ツボイの先走りだ。嘘だと思うんならボラーに聞いてみな。
サイコ　そのボラーがやられたの。
ジン　なに。
クビラ　相手は蓬莱城の魔物だ。俺たちも危うくやられるところだった。
サイコ　奴らの目をくぐって逃げ出してきたの。そしたら、ボラーが……。
ジン　相手は女か。
クビラ　ああ。更紗姫と呼ばれてた。
ジン　……まさかあいつがボラーを。
サイコ　お願い、ジン。手助けして。ボラーが倒されるほどの魔力の持ち主よ。私たちだけじゃ心許ない。
クビラ　ボラーと張り合えるのはお前くらいだと思っていたのだけどな。なんで、こんな所にそんなに強い魔物がいたのか……。
ツボイ　あの更紗姫が、そこまで……。
ジン　あいつは、つなでを喰おうとしてた。

ツボイ　なに。人間を喰うなんて魔物の中でも最低な連中だぞ。外道の仕業だ。
ジン　ああ。俺には信じられない。ほんとにあれがサラサーディなのか……。
ツボイ　ジン……。
ジン　行こう。行って確かめる。

そこに武装したつなでが現れる。

つなで　あたしも連れて行って。
ジン　え。
新九郎　つなで、やけになるな。
つなで　やけじゃないわ。蓬莱城を取り戻すのがあたしたちの望みでしょ。だったらあたしたちも行って当然じゃない。
ツボイ　説明したでしょう。あなたたちに危険な目にはあわせられない。ここにいなさい。
つなで　ここのほうがもっと危ないわよ。
ジン　なんで。
つなで　そこの人たちがこの場所がわかったんなら、蓬莱城の魔物たちだって気がつくかも知れないわ。ここで私たちだけで待ってたら、どうなる。
餅兵衛　儂が守ります。この身に代えて。
新九郎　……確かに、危ないかもな。

つなで　私はもう待たない。自分の人生は積極的に攻めていくの。そして、新しい恋を見つけるの！
新九郎　仕方ないな。妹のわがまま聞いてやってくれないか、ジン。
餅兵衛　では儂も。
つなで　あなたは、ここにいて。
餅兵衛　えー。
新九郎　面が割れてるのは俺たち二人だ。お前はここにいて大丈夫だよ。
餅兵衛　しかし……。
つなで　蓬萊城を取り戻して帰ってくるから。ご飯作って待ってて。じいとして。
新九郎　待ってくれる者がいるほうが、帰ってこれるよ。（と完成させた皿を餅兵衛に渡す）
餅兵衛　は。

餅兵衛立ち去る。

ツボイ　ジン。もし、サラサーディだったらどうする。
ジン　……それは。
ツボイ　迷っているなら行くな。契約主を危険にさらすことはできない。
ジン　……外道に落ちた彼女を止めるのは、俺の仕事だ。
ツボイ　本当に止められるのか。

つなで　大丈夫よ、ツボイさん。ジンはさっきもあの人から私を守ってくれた。

ツボイ　え。

つなで　ジンは世界で一番すごい奴、そうなんでしょ。

ジン　ああ、そうだ。そうだとも。

ツボイ　どうなっても、俺は知らんぞ。

サイコ　いいじゃないの、ツボイ。この子たちの安全は私たちが保証する。

クビラ　こっちから頼むんだ。まかせろ。

ジン　わかった。……ようし、そうと決まればぐずぐずしてるのは性に合わねえ。一気に飛ぶぞ。目指すは天守閣だ。

ジンの周りに集まる一同。彼らを光が包む。

——暗転——

第五景

蓬萊城。天守閣。
玉座に座り、侍女たちをはべらせてご機嫌な伊神義光。
但し、服は義光だが顔はドン・ボラー。
ボラーの力を得た義光は、ドン・ボラーそっくりになったのだ。
後ろに控えている剣風刃と風左衛門。

義光　そうら、飲め飲め。お前たち。

きゃーきゃー言う侍女たち。

義光　くるくるか。くるくるしたろうか。

と、侍女たちの帯を持ち、くるくると解いていく。

義光　そうれ、回れ回れ。コマになれー。
侍女たち　あ～～れ～～～～。
義光　うははは。愉快愉快。

そこに入ってくる寂輪と突破。

寂輪　殿。戻りました。
義光　おお、お前たち。
突破　……殿、殿はいずこ。
義光　俺が義光だ。この蓬莱城城主、伊神義光様だ。
寂輪・突破　えええええ。
義光　うはははは、驚いたか。どうだ、風左。俺の影は濃いか。
風左衛門　は。それはもう。
義光　剣風刃、俺は存在感あるか。
剣風刃　あきれ果てるほどに。
義光　この伊神義光。まるで生まれ変わったようだ。
剣風刃　というよりは、もはや別人。
風左衛門　そうやって、わざわざ名乗りをあげなければ、誰だかわからないほどでございます。
義光　おうおう、そうかそうか。

寂輪　しかし、なぜこのようなことが。

風左衛門　魔力をつければ存在感が増すかと思ったんですが、あのボラーという男の魔力というか存在というか、芸風が濃すぎたんでしょうねえ。それで顔までそっくりに。

義光　なるほど。他人の空似というやつだな。

風左衛門　全然違います。

義光　全然違うんだよお！（と、突破を殴る）

突破　どうもすみません。

義光　で、お前たち、見つかったのか。蓬莱直氏のガキたちはよ。

寂輪　それがまだ。

義光　なんだと。

風左衛門　まあ、そう怒らないで。手は打ってありますので。

義光　なに。

風左衛門、義光に耳打ちする。

義光　ほう、そいつは面白いな。

と、その時、ジンの気配を感じる剣風刃。

剣風刃　（中空を睨み）風左様。
風左衛門　ああ。（うなずく）

と、閃光。ジン、ツボイ、サイコ、クビラ、新九郎、つなでが現れる。入れ替わりに侍女たち消える。

ジン　姫はどこだ、伊神義光！　……って、ボラーじゃねえか！　生きてたのか。
サイコ　（センサーを見て）違うわ、ジン。あいつはボラーじゃない。
ジン　え。
義光　そのとおり。俺が伊神義光だ。
ジン　でも、その顔。
クビラ　乗っ取られたんだよ、多分。
つなで　乗っ取られた？
ツボイ　そんなことが……。
義光　貴様が、更紗姫のケツ追っかけてる魔物か。昔惚れた女の面影追うなんざ随分と女々しい奴だな。
ジン　なんだと。誰に聞いた。
義光　（ドンちゃん手帳を出す）ここに洗いざらい書いてあるよ。
クビラ　ぬうう。あれはドンちゃんマル秘手帳。

義光　サラサーディだか皿洗いだか知らねえが、蓬莱の子どもに手を貸すんなら、この義光の敵ってことだ。
ジン　敵なら、どうする。
義光　叩き潰すまでだ。
ジン　上等だ！

襲いかかるジン。が、義光が手をかざすと閃光。ジンは吹っ飛ばされる。

つなで　ジン！
ジン　大丈夫だ。（と、起き上がる）
サイコ　気をつけて。魔力はボラーと同じだけあるみたい。
ジン　先に言ってくれよ。

と、そこに現れる更紗姫。

更紗　またお前か、壺の魔物。
つなで　更紗姫。
ツボイ　（つなでに）下がって。
更紗　何度も何度も目障りな奴。今度こそ消してやる。

更紗が光を放つ。が、ジンは受けて立つ。

更紗　なに。

ジン　まだだ、もっと俺を攻めろ。

更紗の魔法攻撃を受けるジン。

新九郎　どうした、ジン。

ツボイ　奴は、感じてるんです。彼女の力を。

つなで　……見極めようとしてるんだわ。自分の身体で。本当に彼女が自分が愛した人かどうか。

ツボイ　ええ、多分。

ジン　（更紗を見つめ）お前はサラサーディじゃない。

更紗　最初からそう言っている。

ジン　じゃあ、誰だ。お前はなぜ彼女と同じ顔をしてるんだ。

更紗　来い、わらわの魔僕《しもべ》たち。

どやどやと現れる野武士たち。

突破、寂輪、剣風刃も合わせてジンに襲いかかる。

サイコとクビラがジンを援護する。
つなでと新九郎を守るツボイ。
風左衛門は、様子を見ている。
ジン、クビラ対剣風刃、義光。

サイコ　ジン、これを。

サイコ、ロープをジンに渡す。

ジン　これは。
サイコ　魔力封印ロープ。これで彼女の魔力をしばらく無効化できる。
ジン　わかった。

ジン、野武士たちを倒すと更紗に駆け寄る。

更紗　来るな！

ジン、更紗にロープを巻き付ける。

更紗　あああああ。（と、苦しむ）

その時、ロープの力が発動。野武士たちはみな、苦しむように姿を消す。
苦しむ剣風刃と風左衛門。

義光　どうした。

剣風刃と風左衛門、呆然としている。

風左衛門　……私たちは、いったい何を。
剣風刃　これは、いったい。
つなで　なに!?
風左衛門　（更紗を指さし）奴だ。そいつが現れて、私たちは操られて……。
更紗　風左、お前は……。

その口をマスクで塞ぐサイコ。

剣風刃　（刀を捨て）我らは魔物に荷担をして……。面目ない。
義光　てめえら。

クビラ　今だ。

クビラとサイコ、義光を取り押さえ手錠をかける。

義光　くそおおお！
クビラ　おとなしくしろ！
ジン　新九郎、つなで。親父さんの仇だ。
つなで　兄上。
新九郎　（取り押さえられた義光に）伊神義光、父、蓬萊直氏に代わり、この新九郎、蓬萊城を返してもらうぞ。
義光　くそお。
風左衛門　申し訳ありませんでした、新九郎殿。そしてつなで殿。
剣風刃　我ら、その魔物の力で操られ、すっかり悪の走狗と成り果てておりました。
つなで　あなたたち。
風左衛門　この風賀風左衛門、心より反省いたしております。いや、我ながら実に情けない。
新九郎　……操られていたのなら仕方ないな。
つなで　兄上。
ジン　仇をとらないのか。
新九郎　（義光を見て）今さらこの男の首をとっても父上や死んでいった者たちは戻らない。というか、すでにこの顔じゃ別人だし。

風左衛門　あっぱれな心がけ。さすが上に立つ者にふさわしい器量ですね。……しかし、この女も恐ろしい魔力です。殿に魔界の男の力を与えこのような姿に変えるとは……。

風左衛門、更紗の近くによる。

と、拘束されていたロープをほどきマスクを取り風左衛門に襲いかかる更紗。

更紗　風左、お前は、お前はわらわを……！

風左衛門の首をしめる更紗。

ジン　だめだ、やめろ！

ジン、更紗姫を風左衛門から引き離す。

更紗　わらわを裏切るか、風賀風左衛門!!

風左衛門、更紗を斬る。

更紗、倒れる。白煙とともにその姿消える。

ジン　！
風左衛門　……最後まで恐ろしい魔物でした。
ジン　あんまりいい気持ちじゃねえな。同じ顔の女が死ぬのを見るのは。
つなで　ジン……。
ジン　さ、つなで、新九郎、城を返すぜ。
つなで　うん。
新九郎　その男は？（と、義光をさす）
サイコ　魔力が厄介だからね。とりあえず魔界警察で預かるわ。それでいい？
新九郎　頼む。
ジン　これで契約完了だな。なあ、ツボイ。
ツボイ　まあ、そうなるな。（と、ジンに新しいポイントカードを渡す）じゃ。私は。

ツボイ、白煙とともに壺の姿に戻る。
壺を持つ新九郎。

ジン　これを。（つなでに渡す）
つなで　ありがとう、ジン。（とカードに拇印を押す）
ジン　これが仕事だからな。（と、カードを受け取ると）じゃあな、しっかりやれよ、新九郎。

新九郎　ああ。

ジンの姿を白煙が包み消える。
壺を持つ新九郎の手に手応え。ジンが壺の中に戻ったのだ。

つなで　ジン……。
風左衛門　さて、これでおしまいと思ってますか。
新九郎　え。
風左衛門　ところが、第二部が始まるんですねえ。
つなで　なに？

手錠でつながれていたはずの義光が、立ち上がる。

新九郎　あ。

その時、剣風刃が新九郎に襲いかかりジンの壺を奪う。

剣風刃　義光様。（と、壺を渡す）
義光　ご苦労。風左衛門、見事な策だ。

風左衛門　いえいえ。

笑う義光、剣風刃。

サイコとクビラも笑っている。

つなで　まさか、あなたたちもぐる？

義光　最初からな。

剣風刃　こやつらも、ボラーと同じで我々に倒されて、操られているのだよ。

義光　こうやって魔物の壺を手に入れるために一芝居うったってわけだ。

風左衛門　契約完了しないと次の契約主にはなれない決まりでしょう。あなたたちに一度は城を返さないといけない。

新九郎　なぜ、それを。

風左衛門　私もね、昔、魔物の壺を手にしたことがあるんですよ。

つなで　そんな。

風左衛門　ジンくんは魔物にしてはまっすぐでいい奴ですねえ。まあ、おかげで騙すのもたわいもなかったですがね。

つなで　そのために更紗姫を犠牲に……。

風左衛門　やすいものですよ。

義光　さて、壺の中の魔物に願い事をしないとな。（と、壺をこすると言う）出てこい、ジン。

と、呼ぶがなかなか出てこない。

義光　こら、ご主人様がお呼びだぞ。出てこい、ジン。

義光が壺の尻を叩くと、ようやく白煙とともに現れるジン。黙って義光を睨みつける。

義光　なんだ、その目は。お前の新しいご主人様だ。笑顔で出てこんかい。
ジン　誰が主人だよ。
風左衛門　これはジンくんのほうが正しい。正確には契約主ですから。
義光　どっちでもいいんだよ。俺の望みをかなえてくれるんだろう。
つなで　ジン……。
ジン　……それが決まりだからな。
義光　(つなでたちを指して) そいつらをぶっ殺せ。
ジン　なに。
義光　そいつらだけじゃねえ。俺に歯向かう奴はすべてだ。
ジン　なんだと。
義光　蓬莱国だけじゃねえ、俺はこの倭《やまと》の全部を、天下を手に入れてえ。それが俺の望みだ。
ジン　てめえ。

義光　手始めは、そのガキたちだ。目障りな蓬莱のガキどもをぶち殺してくれ。
つなで　ジン、だめ、やめて。

ジン、苦渋の顔。

新九郎　ジン。
つなで　変な望みに縛られることはないわ。いやなものはいやと言って。
風左衛門　おやおや、これは身勝手な。自分たちの望みはよくて他人のは駄目なんですか。それは甘過ぎるなあ。
つなで　でも、私たちの望みを無視して、更紗姫を連れて逃げたじゃない。ジンにも自分の意志があるわ。
風左衛門　確かに多少のゆらぎはありますね。でも、結果的には契約主の望みはかなうんです。
義光　どうした、何をぐずぐずしている。
ジン　（新九郎とつなでに）俺の前から消えろ。早く、逃げろ。
新九郎　逃げろ、つなで。（と、刀を抜く）
つなで　兄上。
新九郎　俺が時間を稼ぐ間に、逃げてくれ。
つなで　そんな……。
風左衛門　うーん、悪あがきですねえ。じゃあ、仕上げといきますか。

風左衛門の合図で義光に襲いかかる剣風刃と、サイコ、クビラ。油断していた義光を切り刻む。壺を投げ捨て剣を抜き応戦しようとするが、時すでに遅し。彼らの斬撃に為す術ない義光。

義光　き、貴様ら！
風左衛門　はい、ご苦労さん。

風左衛門、義光にとどめの斬撃。
倒れる義光。
と、転がった壺が白煙とともにツボイに変わる。

ジン　て、てめえは……。
風左衛門　契約主が死ねば、魔物はその契約に呪われる。これで君は永遠に、この国の天下を狙う者を殺し続けなければならないわけだ。
新九郎　そこまで考えていたのか。
つなで　そんな、ひどすぎるよ！
風左衛門　あれ。他人の心配をしている場合かな。
ツボイ　風左衛門、貴様。
風左衛門　おや、どうしました。ツボイさん。

ツボイ　貴様、魔物だな。

風左衛門　やれやれ、やっとわかりましたか。遅いんじゃないですか。

新九郎　魔物？　あいつが？

風左衛門　魔物は契約主になれないんで、随分回りくどい手を使いましたよ。でもね、結果的に大変面白いものが見られそうです。君もこの倭を滅ぼす魔神になるわけだ。さすがは魔物中の魔物、ジンさんだねえ。

ジン　くそお。

ツボイ　お前、何が狙いだ。

風左衛門　私はね、ただ無茶苦茶になればいいんですよ。この人間の世が。それが私にかけられた呪いなんです。

ジン　なに。

風左衛門　私はね、永遠の命を持った魔物なんですよ。君の恋人と同じように。

ジン　じゃあ、お前も。

風左衛門　そう。遠い昔、魔物の壺を見つけた私は、永遠の命を求めた。その結果魔物となってしまった。でもね、いい加減、生きているのにも飽きてしまってね。人間でも滅ぼしたら、魔界か神かどちらかが、私を倒してくれるんじゃないかと思うんですよ。

つなで　そんな、そんなことになんでジンを……。

風左衛門　できるだけ楽しくやりたいんですよ。

ジン　そうか。そこの剣風刃も更紗姫もお前が作った使い魔だったんだな。

風左衛門　そのとおり。できるだけ自分の手は汚したくないんです。めんどくさいのでね。
ジン　お前、サラサーディを知ってるな。
風左衛門　だったら、どうなんですか。
ジン　てめえはよお!!

風左衛門に襲いかかるジン。が、割って入った剣風刃に叩きのめされる。

ジン　くそ。
剣風刃　よせよせ、今のお前では敵ではない。
ジン　なに。
剣風刃　契約の呪いにかかったお前では、それ以外に使う魔力は半減だ。とても風左衛門様にかなうわけがない。
ジン　そんなことまで。
風左衛門　(手帳を見せる)ドンちゃんマル秘手帳。いやあ、さすがは魔界の豪腕刑事だ。細かいことまでよく書いてある。いろいろ魔界の法律の抜け穴を教えてくれましたよ。
ツボイ　ふん、それはどうかな。
風左衛門　え。
ツボイ　魔界法を甘く見ないほうがいい。
風左衛門　どういうことだ。

ツボイ　私を誰だと思っている。私は壺だぞ。
風左衛門　だからなんだ。
ツボイ　新九郎殿。私を壊せ！
新九郎　え⁉
ツボイ　こういう無茶なことを考える奴がいるんでね。私が最後の安全装置だ。壺を壊された魔物はこの世からは存在しなくなる。すべての契約が無効になって、魔界の地獄に堕ちる。
風左衛門　なに⁉
つなで　そんな、それじゃあジンは。
ジン　かまわねえ！　今よりはましだ！
ツボイ　まったく。だからジンなんかの担当になりたくなかったんだ。
ジン　ツボイ、すまねえ。
風左衛門　させるな。壺を取り返せ。

襲いかかる剣風刃、サイコ、クビラ。が、ジンが必死で止める。

ジン　新九郎、はやくしろ！　俺をただの人殺しの魔神にしないでくれ！
つなで　ジン。
ジン　それじゃあ、サラサーディに会わせる顔がない。
ツボイ　さあ、はやく！

つなで　兄上！
新九郎　わかった！

新九郎、剣を抜きツボイに斬撃。

ツボイ　いい腕じゃないですか。

パリーンと壺が砕ける音。
同時に白煙。ツボイの姿消え失せ、代わりに壺の破片が振ってくる。

ジン　忘れるな。俺は必ず戻ってくる。俺は世界で一番すげえ奴だ!!

そう言いながら、白煙に呑まれるジン。
閃光。ジン、消える。
煙と光がおさまった時、新九郎とつなでも消えている。壺の破片もない。

剣風刃　風左衛門様。あやつらまで消えました。
サイコ　どうやら壺の男が、最後の魔力で奴らを逃がしたようですね。
クビラ　いかがいたします。

風左衛門　焦ることはない。余興が一つ減っただけですよ。

微笑む風左衛門。

——暗転——

第六景

灼熱の炎があたりを照らす。魔界地獄である。
ローブとフードで顔を隠した者たちが蠢いている。地獄に堕ちた魔物たちだ。
中央に丸い穴が側面に開いた太い円柱がある。
一条の光の中、倒れているジンが浮かび上がる。
魔物たち、嘲笑うように彼の周りにいる。
喰おうとしている者もいる。外道となった魔物たちだ。
と、現れる二人の魔物。軍服のような姿。
ドギー・シュタットデッカーとスワン・コッテシターナだ。
この二人、地獄の番犬隊である。

スワン　ほら、お前たち、何をしている。
ドギー　いつまで遊んでいる。準備を始めるざんす。

その声に、魔物たち一旦散って、長い棒を持ってくる。

スワン　（ジンを見つけ）……新入りね。
ドギー　起きろ、起きるざんす。（と鞭を鳴らす）

起き上がるジン。

ジン　ここは……。
スワン　見てのとおりの地獄だよ。
ジン　そうか、ここが。出ることは。ここから逃げ出すことはできないのか。

スワンに鞭でしばかれるジン。

スワン　ため口をたたくな。あたしたちを誰だと思う。
ドギー　俺たちは地獄の番犬隊。ドギー・シュタットデッカー！
スワン　スワン・コッテシターナ。
ジン　……はあ。
ドギー　この魔界地獄に来たからには、俺たちが法律ざんす。
スワン　逆らおうなんて思っちゃダメよ。覚悟を決めておとなしく従うことね。
ジン　……出る方法はないんですか。

ドギー　ないざんす。ここから逃げ出す方法はない。
ジン　だったら自分で。

と、魔力で飛ぼうとするが、何も起きない。

ジン　……あれ。
スワン　あらー残念ね。何にも起きやしない。
ドギー　最初は誰でも、そう考える。でもね、無理なものは無理ざんす。
スワン　この地獄の天井は魔力では破れない。いくら地上ですごい魔物だとしても、この魔界地獄ではちっぽけな生き物。さあ、わかったら、とっとと立ち上がって作業を始めるんだよ。

他の魔物たち、彼らの会話の後ろで作業の準備を始める。持ってきた長い棒をそれぞれ円柱の穴にさす。上から見れば、円柱を軸に放射状に棒が伸びる形になる。

ドギー　そうら、回せ回せ。

その声を合図に棒の端を一本に一人、持つと押し始める。円柱を軸に、棒を押しながらグルグルと回る魔物たち。

ドギー　ほうら、ぼうっと見てないでお前もはいらんか。

ジン　え。

スワン　その棒を持って回すんだよ。

ジン　何のために。

スワン　ため口をたたくなと言っているだろう。（と、鞭でジンをしばく）

ジン　く。

スワン　へえ、反抗的な目だねえ。いい目じゃないか。ジンとか呼ばれて、地上じゃいい気になってたらしいが、この地の底の魔界地獄で通用すると思ってると、大けがするよ。

ジンを鞭でしばき上げるスワン。
ジン、打ちのめされる。
その光景に棒を押して回っていた魔物たち、足を止め嘲笑う。

ドギー　誰が止まっていいと言った。さあ、押せ押せ！（ジンに）何のためにと聞いたね。何のためでもないんざんす。

ジン　え。

スワン　何のためでもないことを、お前たちは永遠にやり続けるのさ。それが、魔界の掟を破って地獄に堕ちた魔物たちの運命なんだよ。

ジン、弱っている。

ドギー　おやおやー、随分と弱ってるざんすねえ。でもね、ここで弱みを見せると、奴らに喰らわれてバラバラになるかもしれないざんすよ。もっともバラバラにされても死ぬことはないから、安心ざんすけどね。

スワン　お前たち、さぼるんじゃないよ。

と言いながら、二人立ち去る。

ジン　冗談じゃねえ。バラバラにされて生きてるほうがよっぽどひでえじゃねえか。

と、立ち上がろうとする。
見ると、外道と化した魔物たちが、ジンの周りを取り囲んでいる。

ジン　喰うなよ。俺はまずいぞ。骨と皮ばかりだ。

と、その中の一人の女の魔物がそれを止める。フードを被っているので顔はわからない。

女　だめ。

その声に止まる魔物たち。

女　下がって。お願い。食べ物ならこれをあげます。

女、隠し持っていた肉片を別方向に投げる。

魔物たち、そちらに向かう。

女　こっちに。

ジン　え。

女　隠れ場所があるの。こっちに。

女がフードを取ると、その顔はサラサーディ。

ジン　更紗姫……いや、違う。（と、想い出石を見せる）

女も微笑み隠していた想い出石を見せる。

女、サラサーディである。

ジン　サラサーディ……。
サラサーディ　きっと、きっと会えると思っていた。
ジン　サラサーディ！

ジン、駆け寄る。
二人以外、周りは暗くなる。

ジン　これは。
サラサーディ　地獄の炎の影だまり。ここに入れば少しは身が隠せる。
ジン　そうか。でも、やっと、やっと会えた。
サラサーディ　ええ。
ジン　こんなところにいたのか。いくら地上を捜しても見つからなかったはずだ。
サラサーディ　捜してくれてたの。
ジン　当たり前だ。俺は、お前に謝らなきゃいけねえ。俺が永遠の命なんか与えるから、お前をこんな目に。
サラサーディ　でも、こうやって会いに来てくれた。
ジン　え。いや、……違うんだ。俺は、ある男の罠にかかって地獄に堕ちてしまった。結果的にお前には会えたが、そんなに胸はって威張れるようなもんじゃねえ。
サラサーディ　ある男？

ジン　風左衛門という男だ。聞いたことないか。
サラサーディ　いえ。
ジン　こんな男だ。

ジンが闇をさすと、そこに風左衛門が浮かび上がる。幻想の風左衛門だ。

サラサーディ　アルゴール……。
ジン　今は風左衛門と名乗ってる。
サラサーディ　そんな……。
ジン　知ってるんだな。
サラサーディ　ええ。私もその男のせいで、ここに来る羽目になりました。
ジン　……やっぱり。
サラサーディ　どうしたの。
ジン　奴は、お前そっくりの使い魔を作っていた。
サラサーディ　あたしそっくりの……。
ジン　何があった。
サラサーディ　あの男は私を自分のものにしようとしたのです。

幻想の風左衛門が話し始める。

風左衛門　なぜだ、なぜ私の気持ちを受け入れてはくれない。私とあなたは共に永遠の命を持つ者。流れぬ時間を共に過ごすのにこれ以上の相手はいないはずだ。

サラサーディ　永遠の命はあれど、私の魂はすでにある方にお預けしています。あなたの入る余地はありません。

風左衛門　そうはいかない。私は欲しい物は必ず手に入れる。

ジン　何言ってんだ、偉そうに。

サラサーディ　あの男から逃れるため必死になった私は、魔力の使い方を誤って魔界裁判にかけられました。

幻想の魔界裁判長現れる。

裁判長　判決を与える。被告を壺詰めの刑に処す。

ジン　俺と同じ刑に。

サラサーディ　ええ。でも、私は安心しました。これであの男から逃れられる。いくらあの男でも、壺詰めにされてどことも知れぬ人間の国にに流された私を追ってこれはしない。ところが、ある日、壺から呼び出された私は恐ろしい望みを聞いたのです。

壺を持って立つ一人の女。その時のサラサーディの契約主だ。顔は仮面を付けている。

契約主　私の願いはただ一つ。そこにいる男の愛を受け入れなさい。（と風左衛門をさす）
ジン　なんて野郎だ。契約主を操ってたのか。あの粘着野郎、そこまでするか。
風左衛門　言ったでしょう。私から逃れることはできないと。

と、契約主が持っている壺が激しく揺れ出す。と、壺は宙に飛び砕け散る。契約主の女、消える。

風左衛門　まさか！　待て、待ってくれ!!

唖然とする風左衛門、闇に消える。

サラサーディ　あわれに思った私の壺が、自ら砕けてくれたのです。
ジン　それで、ここに。
サラサーディ　あの男の思いどおりになるくらいなら地獄に堕ちたほうがまし。それに、ここにいてもきっとあなたが見つけてくれる。そう信じていました、ジン。

サラサーディ、ジンに身を寄せようとする。
ジンも抱き締めようとするが、躊躇する。

ジン　俺は、ダメだ。

サラサーディ　ジン……。

ジン　俺はお前に謝ろうと思っていた。必ず人間に戻す、そう誓っていた。千と一つの望みをかなえて、お前を元の人間に戻す。ところがどうだ。俺までまんまと奴の罠に落ちて、このざまだ。迎えに来たんじゃない。逃げてきただけだ。俺はダメな魔物だ。大馬鹿野郎だ。

サラサーディ　（その手を取り）でも、会えた。

ジン　え。

サラサーディ　会えただけで嬉しい。それに、あなたならきっとなんとかする。ここを抜け出して一緒に暮らせる日が必ず来る。

ジン　なんでそんなに楽観的なんだよ。

サラサーディ　それがあなたの力だから。

ジン　買いかぶりだ。

サラサーディ　魔物の中の魔物、世界で一番すごい奴。絶対にへこたれない男。それがジン様だ。そう言ってた。その言葉が、私をここまで支えてくれた。だから、絶対になんとかしてくれる。

ジン　……それは予知か。お前の魔力か。

サラサーディ　違う。かすかに残った人間の心。希望という名の人間の心。

ジン　人間？

サラサーディ　信じたほうがいい。きっと人間に救われる。人間である私を好きになってくれたあな

ジン　ただから、きっと。
サラサーディ　それも希望か。
ジン　違う。確信。
サラサーディ　……サラサーディ。

その時、ざわざわと現れる魔物たち。
先頭に立つ、ドギーとスワン。

ドギー　ええい、捜せ捜せ。
スワン　どこに消えた、あのガキ。お仕置きよ。
サラサーディ　いけない。影だまりが消えてきた。
ジン　逃げろ。あの魔物たちの中に。
サラサーディ　え。
ジン　悪いのは俺一人でいい。お前は今までどおり、過ごしてくれ。
サラサーディ　でも。
ジン　必ず、必ずここから抜け出す道を探すから。
サラサーディ　待ってる。いつまでも。
ジン　行け。

サラサーディを突き飛ばすように魔物の中に戻すジン。

スワン　あんなところに。

ジン　これはこれは。地獄の負け犬さんたち。

スワン　なにー!!　私たちは地獄の番犬隊だ。

ドギー　いきなり姿をくらますとは、いい度胸ざんすね。少し痛い目みせてあげるざんす。

ジン　そう簡単にはいかねえぜ。

スワン　なに。

ジン　俺は命令されるのが大ッ嫌いなんだ。たとえそれが地獄だろうと、俺は俺のやり方を通させてもらう。

ドギー　ええい、大口たたきおって。

スワン　やっておしまい!

彼らの命令で襲いかかる魔物たち。が、三日月剣を出して、彼らを叩きのめすジン。

ドギー　ぬぬぬぬぬ。

スワン　何ひるんでるのよ。

と、ジンに襲いかかるドギーとスワン。

が、ジンのほうが強い。ドギーの喉元に剣の切っ先を突きつけるジン。

ジン　さあ、教えろ。本当にここから出られる方法はないのか。
ドギー　ひ、ひとつだけあるざんす。
ジン　やっぱりな。それは！
ドギー　それは……。
ジン　さあ！
ドギー　それは……。

と、突然、天が輝き出す。
地獄が揺れる。

ジン　なんだ？
スワン　見て、空が、地獄の空が割れるわ!!

一条の光がジンを捕らえる。

——暗転——

第七景

西の森。
駆け込んでくる新九郎とつなで。
新九郎、風呂敷包みを手にしている。

つなで　うん。
新九郎　急げ、もう少しで西の森を抜ける。せっかくツボイさんが最後の力を振り絞って、ここまで飛ばしてくれたんだ。なんとしても逃げ切るぞ。
つなで　兄上、待って

が、彼らの前に立ちふさがるサイコとクビラ。

新九郎　お前ら……。
クビラ　逃げられると思ったか。
サイコ　魔力の軌道を追うのは、私たちの得意技よ。

と、後ろから現れる剣風刃と風左衛門。

剣風刃　そして、人を斬るのは私の得意技だ。
つなで　な、なによ。こんな小娘と腰の定まらない若侍相手に、よってたかって。なんでそんなにムキになるわけ。
風左衛門　じゃあ、弱い者いじめが私の得意技、ということで。
つなで　なにそれ。
風左衛門　目障りなんですよ、なんとなく。
つなで　目障り……。
風左衛門　伊神義光をそそのかして蓬萊国を奪ったのもほんの余興。そこに魔物のジンなんかを連れて乗り込んできたあなた方。まったく野暮な人たちです。そういう手合いは嫌いなんですよ。私は。
新九郎　そんなことで。
風左衛門　おやあ、そんなことで殺されるのは不本意ですか。だったら、あなた方に機会をあげましょう。あなた方が大好きなあの単細胞の魔物を呼び戻す方法があるんですよ。
つなで　ジンを、地獄から。
風左衛門　ええ。極めて簡単なことです。彼のことを心の底から信じて、その名前を呼べばいい。
つなで　そんなこと。

剣風刃　簡単かい？
サイコ　人間が魔物のことをそう簡単に信用できて？
つなで　してるわ。あたしは、信用してる。ジン、戻ってきて、お願い！

が、何も起きない。

クビラ　どうした、小娘。
つなで　ジン、聞こえないの、ジン！
新九郎　やめろ、つなで。奴のでまかせだ。
風左衛門　おやおや、心外だなあ。ちゃんとこの手帳に書いてあるのに。（と、手帳を見せる）魔界警察に間違いはないですよ。ねえ、諸君。
サイコ・クビラ　ええ、風左衛門様。
新九郎　貴様ら……。
つなで　ジン！　ジンってば！
風左衛門　あ、それだ。ジンというのはただの呼び名で、本当の名前じゃない。
つなで　なんで。
クビラ　おいおい、そんなことも知らないのか。
サイコ　魔物は、本当の名前に魔力が秘められているの。それを知られた相手には、弱点をさらしたも同然。決して他人に明かしはしない。

つなで　そんな。
風左衛門　いくら叫んでも本当の名前を知らないんじゃ、戻ってこれないなあ。
新九郎　そういうことか。
風左衛門　そういうことです。
新九郎　くそう。
つなで　あきらめちゃだめよ、兄上。（風左衛門に）ジンはね、あんたみたいなせこい男とは器が違うの。きっと戻ってくる。あなたが思いもつかない力でね。
風左衛門　思いもつかない？
つなで　そうよ。
風左衛門　ありえない。
つなで　ありえるわ。
風左衛門　どうして。
つなで　ジンは世界で一番すげえ奴なんだから。絶対帰ってくる！

その叫びとともに、地響き。
白煙が上がる。そこにジンが現れる。

ジン　魔物の中の魔物、荒ぶる魔物のジン様が地獄の底から戻ってきたぜ！
風左衛門　そんなばかな……。なぜだ。

ジン　どうした、風左衛門。何を驚いている。
風左衛門　名前は、お前の名前は呼ばなかった。それなのになぜ……。
ジン　それはな、俺が世界で一番すげえ奴だからだよ。
つなで　そして、私は他人を思いっきり信じやすい奴なのだ。
ジン　そのとおりだ。聞こえたよ、つなで。地獄の空を破って、俺を呼ぶ声がな。
つなで　ほんとに。
ジン　ああ。
風左衛門　やれやれ。最初に会った時からうっとうしいと思っていたよ、貴様は。
ジン　本性を現したな。アルゴール。
風左衛門　なぜ、その名前を……。
ジン　サラサーディは地獄にいたぞ。
風左衛門　なに。
ジン　彼女から話は聞いた。
つなで　会ったの、彼女に。
ジン　ああ。
風左衛門　そうか、私はとんだキューピッド役になったらしいな。
ジン　てめえだけは許せねえ。彼女を地獄に追い込んだそのくさった根性、叩き直してやる。
風左衛門　やれ、お前たち。

襲いかかるサイコとクビラ、剣風刃。
と、そこに現れるボラーの顔をした男。

ボラー　ちょっと待てよ。俺も加えてもらおうか。

一同、その顔を見て義光と思う。

つなで　伊神義光。
剣風刃　確かに殺したはずじゃあ。
ボラー　まったく、だらしない連中だぜ。（と、サイコとクビラをぶん殴る）てめえら、それでも魔界警察か！
クビラ　な、なに!?
ジン　ボラーか!?
ボラー　ああ、ドン・ボラー様だ。
風左衛門　貴様……。
ボラー　義光に俺様の魔力を移すとは恐れ入った力だよ。あんた、大した魔物だな。でもな、その義光を殺したのは失敗だった。封印していた俺の魔力が解き放たれて再びドン・ボラー様として蘇ったのだ。
風左衛門　なるほどね。これは魔界警察を見くびった。私は無理は嫌いでね。逃げさせていただくよ。

風左衛門が合図すると寂輪・突破率いる野武士たちが現れる。

剣風刃　時間を稼げ、お前たち。
寂輪・突破　は。
ジン　使い魔が、ぞろぞろと。
風左衛門　ジン、また会いましょう。

剣風刃と風左衛門、逃げ出す。

ジン　待て！

その前に立ちはだかる野武士たちとサイコ、クビラ。

ボラー　ジン、ここはまかせろ。お前は奴を追え。
ジン　ボラー。
ボラー　事情は袖で立ち聞きしていた。奴を叩きのめすのはてめえに譲ってやるよ。
ジン　すまねえ。（と、つなでを見て）お前が信じてくれたから戻ってこれた。ありがとよ。
つなで　うん。

ジン　蓬莱城は必ずお前らに返してやるから、ここで待ってな。
つなで　もう契約主じゃないよ。
ジン　ばか、お礼だよ。
つなで　頑張って、ジン！

駆け出すジン。
それを邪魔しようとする野武士たちの前に立つボラー。彼と野武士やサイコ、クビラとの戦い。
と、ジンが戻ってきてからずっと隅でうずくまっていた新九郎が声をあげる。

新九郎　よし、できた！

その手にツボイの壺。

新九郎　ツボイさん、復活だ！

と、壺を投げる。白煙が上がる。そこに立つツボイ。

ツボイ　（自分の体の具合をチェックして）見事な腕です。新九郎殿。
新九郎　（ツボイにもらった魔界接着剤を見せ）腰は定まらないかも知れないが、手先は小器用なんだよ。

つなで　兄上、見直した。

ツボイ　ボラーさん、加勢します。

ボラー　おう、こいつらは使い魔だ。一気に蹴散らすぞ！

ツボイも戦いに加わる。

ボラーとツボイ、野武士たちに斬撃。

そのあとボラーはサイコに、ツボイはクビラに得物を当てる。

ツボイ　魔力封印。

ボラー　雲散霧消！

二人の力に、野武士たちは消え去る。

サイコとクビラからは風左衛門の魔力が消える。意識を取り戻す二人。

サイコ　ボラー。

クビラ　俺たちは……。

ボラー　まったく、こんな島国の魔物に手玉に取られるとは、魔界警察失格だぜ。

新九郎・つなで　あんたもな。

ボラー　（ごまかすように）さ、俺たちも追うぞ。こい。魔界警察チーム。
サイコ・クビラ　はい、先輩。

駆け出す三人。

新九郎　でも、なんでジンは戻ってこれたんだ。
ツボイ　決まってるでしょう。つなでさんが本当の名前を叫んだからですよ。
つなで　え？
新九郎　ツボイさんは知ってるのか。
ツボイ　名前を知っているから彼を封印できるんですよ。
つなで　でも、あたしは知らないわよ。
ツボイ　ジン・ワッセ・カイデ・イッチバヌス・ゲーヤー・ツナンダ。それが彼のほんとの名前です。
新九郎・つなで　ええええ。
つなで　それって「世界で一番すげえ奴なんだ」？
ツボイ　ま、そういうことです。
新九郎　偶然かよ。
ツボイ　天に愛されてるんじゃないですか、あの魔物は。さ、私たちも行きましょう。

ジンの去った方に駆け出す三人。

☆

駆けてくる風左衛門と剣風刃。
その前に立ちはだかるジン。

ジン　逃がしゃしねえぞ。
風左衛門　しつこい男だな。
剣風刃　風左衛門様には指一本ふれさせん。
ジン　どけ！

剣風刃とジンの戦い。
剣風刃の剣は速く、ジンの三日月剣を叩き落とす。

ジン　あ！
剣風刃　もらった！

ジンに斬りかかる剣風刃。が、その剣を腕でなぎ払うジン。

剣風刃　なに!?
ジン　俺とお前じゃ、魔力が違うんだよ。

剣風刃　ばかな。

ジン、三日月剣を拾うと剣風刃に斬撃。

ジン　魔力封印、雲散霧消！

印を切ると剣風刃白煙に包まれて消える。

ジン　最後の使い魔もいなくなったな、風左衛門。

風左衛門　くそ！

風左衛門が手をかざす。魔力をぶつけるのだ。が、ジン、それを刀で横に弾く。弾いた場所に白煙が上がる。そのままずんずんと歩いていくジン。風左衛門、魔弾を撃つが、どれも弾かれる。

風左衛門の真正面まで来るジン。

刀をかまえる風左衛門。が、その刀を下ろしジンに笑いかける。

風左衛門　殺せ。その剣で。これでやっと無限の地獄から解放される。

ジン　すかしてんじゃねえよ！

と、風左衛門を思いっきりぶん殴る。

転がる風左衛門。

ジン　俺は殺さねえよ。ただ、こらしめるだけだ。

風左衛門　なに。

ジン　さんざん好き勝手して、かっこよく死のうなんて、そう都合よくはいかないんだよ。

風左衛門　くそう。

逃げようとする風左衛門の前に現れるボラー、サイコ、クビラ。

続いてツボイと新九郎、つなでも出てくる。

ボラー　ここから先は俺たちの仕事だ。さあ、こい。本署でたっぷり締め上げてやる。

風左衛門に手錠をかけるボラー。

ボラー　ほら、しょっぴけ。今度は意識を乗っ取られるなよ。

サイコ・クビラ　はい。

風左衛門　さわるな。ひとりで歩ける。

ジンを睨みつけると踵を返して立ち去る風左衛門。彼を連行するサイコとクビラ。

ボラー　ジン。（とカードを渡す）

ジン　（カードを見て）これはポイントカード……５００もポイントがついてるじゃないか。

ボラー　今回は世話になったからな。迷惑料だ。が、今度勝手なことしたら、てめえもしょっぴくからな。

ジン　わかったわかった。

ボラー　じゃあな。

ボラーも立ち去る。

ジン　（ツボイに気づき）無事だったのか、ツボイ。

ツボイ　憎まれっ子世にはばかる。私もそう簡単にはくたばりませんよ。

つなで　兄上が元に。

新九郎　こいつの皿割りで慣れてるからな。

ジン　そうか。……来い。約束どおり蓬莱城の天守閣まで飛ばしてやる。

新九郎　いや、いい。

ジン　でも約束は。

新九郎　いいよ。今、魔法の力でもらったとしても、あの影が薄い伊神義光と一緒だ。誰かに利用されて捨てられるのが落ちだ。
ジン　お前。
新九郎　あの城に行く時は自分の足で行くよ。俺たちが、この国を治めるだけの力がついた時にな。
つなで　兄上。
新九郎　まどろっこしいか。
つなで　いいよ。兄上がそう思うんなら。
ジン　じゃあ、つなでに新しい恋の相手でも……。
つなで　ふざけないで。それもあたしが自分で摑むものよ。人の楽しみを邪魔しないでくれる。
ジン　なんだか、勝手の違う兄妹《きょうだい》だよ。お前たちは。
新九郎　かもな。
ジン　（ツボイに）俺、自分の望みを変えるよ。
ツボイ　ほう、何に？
ジン　人間たちの千と一つの望みをかなえたら、俺はサラサーディの本当の名前を知りたい。そして、あいつを地獄から引きずり出す。つなでが俺をそうしてくれたように。
ツボイ　なるほどね。わかりました、魔界裁判所の方に申請しておきましょう。
ジン　よし。とっとと行くぜ、ツボイ。一日でも早く千と一つの望みをかなえないとな。
つなで　今度はどこに行くの。
ジン　さあな。壺に入って、また波に乗ってどこかの国で誰かに拾われるさ。

つなで　わかった、がんばって。世界で一番すごい奴。

ジン　おう。まかせとけ。

　　彼方を睨むジン。

ジン　……待ってろよ、サラサーディ。

　と、虚空にサラサーディの姿が浮かび上がる。
　ジンのことを信じて待つ彼女は美しく微笑んでいる。
　この壺詰めの魔物が繰り広げる新しい冒険は、また別の物語だ。

〈荒神——AraJinn——・終〉

あとがき

演出のいのうえと以前から「ジュビナイル物がやりたいね」と話していた。自分たちが中高生の時にテレビに釘付けになっていた、少年ドラマシリーズとか「ガンバの冒険」とかのワクワク感。最近すっかり重厚になってしまった〝いのうえ歌舞伎〟とはひと味違う、シンプルな冒険活劇。そういうものを舞台でもやってみたいなあと、三四年前から話していたのだ。

今回、ジャニーズさんと一緒に仕事をさせてもらうことになって、そのイメージが現実化した。

主役が森田剛くんに決まり、周りを固める外部キャストもフレッシュな顔ぶれになった。基本的なアイディアは、〝ランプの精霊〟のパターン。主人公を精霊にすれば、ちょっと新味が出るのではないか。タイトルは「アラジン」を漢字にして『荒神』。

ここまでは、なんとなくするすると思いついた。

これで、新しい風が起こせるかな。そう思いプロット作りに入ったのだが、なんというのだろうか。最近の、自分たちにしてはちょっと「重い」芝居作りに慣れていたせいか、狙っている方向性は頭では理解しているのだが、どうも具体的な展開に煮詰まっていたのだ。

プロット作りにうまくいかない時に、かみさんがポロッと言ってくれた。

「娘や、娘の友達が観て『あー、おもしろかった』と言える芝居にすれば？」

そうだ。考えてみれば、僕の子供も中三と中一だ。自分が中学生だった時の感覚を無理矢理ほじくり返すよりは、目の前の中学生に見せる作品でいいんだ。

そう思った瞬間に、目の前の霧が晴れた。

こう書くと嘘くさいが、ほんとにそんな感覚だったのだ。

なんとなくバラバラに浮かんでいたシーンやアイディアが一気につながり、芝居全体の流れが、その日のうちに見えたのだ。長いこと芝居の台本を書いてると、たまーにこういうことがある。

一気に書いた。

ジュビナイルにふさわしくない譬えだが、ビールを一気に飲み干したような快感。芝居を見終わったあとそういう喉越しスッキリな芝居にしたい。そのためには上演時間は二時間以内と、自分で決めていたのだが、それもなんとかクリアできそうだ。

稽古場をのぞくと、若かったり新感線初だったりで、フレッシュなメインキャストのおかげか、なんだかネタ物のような、ハツラツとした手触りのする芝居ができていた。東京進出してきた頃の新感線のような雰囲気もする。

若くて新しいのだが、どこか懐かしい。不思議な芝居になったと思う。

ただし、その分、実際の舞台は台本とは随分違っている。

芝居を観たあとにこの戯曲を読まれたら「あれ」と思う人もいるだろう。

戯曲ではメインとも言えるアイディアが一つ、舞台では消えている。

「舞台に立ち上げるのならば、もっとわかりやすい方がいい」

そう演出家が判断したのだ。それに異存はない。

でも、自分の名前で出版している戯曲集では、自分の書いたものに責任をとりたいので、あえて最初に書いたままにしている。

まあ、こういうことを言うのもちょっと野暮な気もするのだが、「舞台と違うぞ」と思われる方のために、一言付け加えておく。

それはそれ、これはこれ。そういう風に思って、楽しんでいただければ幸いです。

二〇〇五年二月

中島かずき

荒神―AraJinn―☆上演記録

東京公演◉青山劇場　２００５年３月７日〜29日
大阪公演◉大阪厚生年金会館芸術ホール　２００５年４月３日〜９日

キャスト

ジン＝森田剛

つなで＝山口紗弥加

ドン・ボラー＝橋本じゅん

イービル・ツボイ＝粟根まこと
蓬莱新九郎＝河野まさと
疼木餅兵衛＝逆木圭一郎
幻界坊突破＝インディ高橋
魔空堂寂輪＝吉田メタル
伊神義光＝礒野慎吾

マオ・サイコ＝山本カナコ
ドギー・シュタットデッカー＝右近健一
スワン・コッテシターナ＝保坂エマ
剣風刃＝川原正嗣
クビラ・イー＝前田悟

野武士たち／魔物たち＝武田浩二、佐治康志、横山一敏、藤家剛
侍女たち／魔物たち＝葛貫なおこ、二木奈緒、武田みゆき、中間千草
サラサーディ／更紗姫＝緒川たまき
風賀風左衛門＝田辺誠一

スタッフ
作＝中島かずき
演出＝いのうえひでのり
美術＝島次郎
照明＝中川隆一
音楽＝岡崎司
振付＝川崎悦子
殺陣指導＝田尻茂一、川原正嗣、前田悟
アクション監督＝川原正嗣
音響＝井上哲司
音効＝末谷あずさ、大木裕介
ヘアメイク＝宮内宏明
衣裳＝竹田団吾
小道具＝高橋岳蔵
特殊効果＝南義明
映像＝樋口真嗣
演出助手＝小池宏史
舞台監督＝富田聡

宣伝美術＝河野真一
宣伝イラスト＝洗智樹
宣伝写真＝岡田貴之

企画＝松野博文（フジテレビジョン）
プロデュース＝菅野重郎（アール・ユー・ピー）
協力プロデュース＝細川展裕（ヴィレッヂ）
制作＝伊藤達哉、島袋潤（アール・ユー・ピー）
主催＝フジテレビジョン（東京公演）、関西テレビ放送（大阪公演）
製作＝フジテレビジョン、アール・ユー・ピー
制作協力＝ヴィレッヂ
運営協力＝キョードー大阪（大阪公演）

中島かずき（なかしま・かずき）
1959年、福岡県生まれ。立教大学卒業。舞台の脚本を中心に活動。㈱双葉社に編集者として勤務すると同時に1985年4月、『炎のハイパーステップ』より座付作家として劇団☆新感線に参加。以来、物語性を重視した脚本作りで、劇団公演3本柱のひとつ〈いのうえ歌舞伎〉と呼ばれる時代活劇を中心としたシリーズを担当。2003年、『アテルイ』で第47回岸田國士戯曲賞を受賞。そのほかの代表作品に『野獣郎見参』『髑髏城の七人』『阿修羅城の瞳』などがある。

K. Nakashima Selection Vol. 12
荒神―AraJinn―

2005年 3月15日　初版第1刷印刷
2005年 3月25日　初版第1刷発行

著者　中島かずき
発行者　森下紀夫
発行所　論創社
東京都千代田区神田神保町 2-23　北井ビル
電話 03(3264)5254　振替口座 00160-1-155266
印刷・製本　中央精版印刷
ISBN4-8460-0585-2　
落丁・乱丁本はお取り替えいたします

K. Nakashima Selection

Vol. 7—七芒星

『白雪姫』の後日談の中華剣劇版!? 舞台は古の大陸．再び甦った“三界魔鏡”を鎮めるために，七人の最弱の勇者・七芒星と鏡姫・金令女が，魔鏡をあやつる鏡皇神羅に戦いを挑む．

本体1800円

Vol. 8—花の紅天狗

大衆演劇界に伝わる幻の舞台『紅天狗』の上演権をめぐって命を懸ける人々の物語．不滅の長篇『ガラスの仮面』を彷彿とさせながら，奇人変人が入り乱れ，最後のステージの幕が開く．

本体1800円

Vol. 9—阿修羅城の瞳〈2003年版〉

三年前の上演で人気を博した傑作時代活劇の改訂決定版．滅びか救いか，人と鬼との千年悲劇，再来！ 美しき鬼の王・阿修羅と腕利きの鬼殺し・出門——悲しき因果に操られしまつろわぬ者どもの物語．

本体1800円

Vol. 10—髑髏城の七人 アカドクロ／アオドクロ

本能寺の変から八年，天下統一をもくろむ髑髏党と，それを阻もうとする名もなき七人の戦いを描く伝奇活劇．「アカドクロ」（古田新太版）と「アオドクロ」（市川染五郎版）の二本を同時収録！

本体2000円

Vol. 11—SHIROH

劇団☆新感線初のロック・ミュージカル、その原作戯曲。題材は天草四郎率いるキリシタン一揆、島原の乱。二人のSHIROHと三万七千人の宗徒達が藩の弾圧に立ち向かい、全滅するまでの一大悲劇を描く。

本体1800円

☆ ☆ ☆

K. Nakashima Selection

Vol. 1—LOST SEVEN

劇団☆新感線・座付き作家の，待望の第一戯曲集．物語は『白雪姫』の後日談．七人の愚か者（ロストセブン）と性悪な薔薇の姫君の織りなす痛快な冒険活劇．アナザー・バージョン『リトルセブンの冒険』を併録．本体2000円

Vol. 2—阿修羅城の瞳〈2000年版〉

文化文政の江戸，美しい鬼の王・阿修羅と，腕利きの鬼殺し・出門の悲恋を軸に，人と鬼が織りなす千年悲劇を描く．鶴屋南北の『四谷怪談』と安倍晴明伝説をベースに縦横無尽に遊ぶ時代活劇の最高傑作！　本体1800円

Vol. 3—古田新太之丞 東海道五十三次地獄旅 踊れ！いんど屋敷

謎の南蛮密書（実はカレーのレシピ）を探して，いざ出発！　大江戸探し屋稼業（実は大泥棒・世直し天狗）の古田新太之丞と変な仲間たちが巻き起す東海道ドタバタ珍道中．痛快歌謡チャンバラミュージカル．本体1800円

Vol. 4—野獣郎見参

応仁の世，戦乱の京の都を舞台に，不死の力を持つ“晴明蟲”をめぐる人間と魔物たちの戦いを描いた壮大な伝奇ロマン．その力で世の中を牛耳ろうとする陰陽師らに傍若無人の野獣郎が一人で立ち向かう．　本体1800円

Vol. 5—大江戸ロケット

時は天保の改革，贅沢禁止の御時世に，謎の娘ソラから巨大打ち上げ花火の製作を頼まれた若き花火師・玉屋清吉の運命は……．人々の様々な思惑を巻き込んで展開する江戸っ子スペクタクル・ファンタジー．　本体1800円

Vol. 6—アテルイ

平安初期，時の朝廷から怖れられていた蝦夷の族長・阿弖流為が，征夷大将軍・坂上田村麻呂との戦いに敗れ，北の民の護り神となるまでを，二人の奇妙な友情を軸に描く．第47回「岸田國士戯曲賞」受賞作．　本体1800円